Włodzimierz Odojewski

Verdrehte Zeit

Roman

Aus dem Polnischen
von Barbara Schaefer

dtv

Von Włodzimierz Odojewski
sind bei dtv außerdem erschienen:
Ein Sommer in Venedig (13980)
Als der Zirkus kam (14168)

Der Verlag dankt dem Polnischen Buchinstitut
für die Förderung der Übersetzung.

Deutsche Erstausgabe 2016
dtv Verlagsgesellschaft mbH & Co. KG, München

Der Roman erschien erstmals 2002 unter dem Titel
›Czas odwrócony‹ beim Verlag Twój STYL, Warschau.

Gesetzt aus der Janson 9,5/14˙
Gesamtherstellung: Druckerei C.H.Beck, Nördlingen
Gedruckt auf säurefreiem, chlorfrei gebleichtem Papier
Printed in Germany · ISBN 978-3-423-28078-5

Alles verschwimmt allmählich, und mir wird ganz wirr im Kopf. Ich sage mir: Das geht vorbei, geht bestimmt vorbei, zu Hause wird mir niemand im Treppenhaus begegnen, und schließlich werde ich glauben, dass alles nur Einbildung war und ich doch tatsächlich lebe, einen Vor- und einen Nachnamen habe, ein bestimmtes Aussehen, im Personalausweis eingetragene besondere Kennzeichen, einen Beruf, eine Lebensgeschichte, die ich in- und auswendig kenne und meine Kollegen so ungefähr; und während ich mir das alles immer wieder sage, sehe ich vor mir den Saal, in dem ich arbeite: von Büchern in einheitlichen Einbänden überquellende Bibliotheksregale an den Wänden, lange Tische mit Karteikästen, in der Ecke einen Kleiderhaken, am Fenster einen Schreibtisch mit einer grünen Lampe und einem Telefon; das alles sehe ich wie ein reales, sicheres Stückchen Land vor mir, und das ist beruhigend. Aber der Nachmittag rückt näher, ich muss also bald gehen, und bei diesem Gedanken spüre ich sofort, dass ich damit der Angst, der ich während der sieben Arbeitsstunden entflohen bin, gestatte zurückzukehren, und ich spüre, dass sie mich wieder überfallen wird mit allem, was dann sogleich beginnen wird; sie wird mich bestimmt überfallen und sich meiner bemächtigen, vielleicht sogar für immer.

Zuerst nahm ich an, mein Alter sei daran schuld: Denn ich bin schon alt. Na ja, so alt nun auch wieder nicht, aber trotzdem schon ziemlich alt. Zwar sind fünfundvierzig Jahre für einen Mann in anderen geografischen Breiten überhaupt nicht viel, sogar, wie ich gehört habe, ganz und gar nicht viel, aber in unserem Land …, wenn man in Betracht zieht, dass fünf davon ein riskantes Spiel mit dem Tod um das Leben waren, ein Vagabundenleben in fremden Wohnungen und in den Wäldern, immer mit dem Gefühl, ein gehetztes Tier zu sein; später jedoch, fast die ganzen zwanzig Jahre bis zum heutigen Tag, zog sich bei mir ein langer Streifen von Alltagsgrau dahin, erfüllt von Unsicherheit und dem Ringen um ein kümmerliches Stückchen Brot; und zu diesen fast zwanzig nutzlosen und düsteren Jahren kommen noch die vorherigen fünf jenes großen Verbrechens hinzu; zieht man nun diese fünfundzwanzig von meinen insgesamt fünfundvierzig Lebensjahren ab, so erhält man ein recht dürftiges Ergebnis, das beweist, dass ich nur die ersten zwanzig Jahre erträglich gelebt habe. Deshalb hatte ich auch, wie mir scheint, sofort das Recht zu vermuten, dass das, was mir widerfahren ist, mit meinem Alter zusammenhängt – denn älteren Menschen passieren mitunter allerhand merkwürdige und unangenehme Dinge, besonders wenn der Verstand beginnt, einen im Stich zu lassen, oder die zerrütteten Nerven einem den gewohnten Gehorsam verweigern. Alsbald beschlichen mich aber gewisse Zweifel, da ja nicht nur ich von jenen fünf Kriegsjahren betroffen war; und all die darauffolgenden Jahre, von denen nun schon fast zwanzig vergangen waren, hatte ich doch nicht schlechter überstanden als die überwiegende Mehrheit meiner Landsleute. Ich habe nicht den Eindruck, dass sich meine Situation von derjenigen der anderen Menschen unterscheidet, ich bin weder erschöpfter noch ruinierter, weder ärmer noch überarbeiteter als die meisten – kurz gesagt, es geht mir nicht schlechter als den anderen. Weshalb also ist keinem in meinem Alter das passiert, sondern ausgerechnet mir? Ich weiß es nicht. Als hätte ich in der Vergangenheit etwas getan, das nicht mit einem reinen Gewissen zu vereinbaren gewesen wäre. Nein, ich bin mir keiner Schuld bewusst, ich kann mich an nichts in meinem Leben erinnern, dessen ich mich schämen müsste oder das mir den ruhigen Schlaf rauben könnte. Die Nerven? Zum Teufel, andere haben auch keine besseren! Und dennoch suchte ich gestern einen Arzt auf, und als er mich aufforderte, ihm gegenüber in einem bequemen Ohrensessel Platz zu nehmen, Schultern und Kopf zurückzulehnen, die Muskeln zu lockern, mich zu entspannen und ruhig zu erzählen, was mir fehlte, erzählte ich die ganze Geschichte von A bis Z, Punkt für Punkt, erwähnte außerdem noch meine Beobachtungen und Überlegungen – alles, was mir im Laufe dieser verrückten fünf Tage der vergangenen Woche, ab dem verhängnisvollen Dienstag bis zum Samstag, passiert war –, wie gesagt, ich erzählte sogar sehr detailliert, und da bemerkte ich, dass er mich mit eindeutig professioneller Genugtuung anschaute, wie jemand, dem es gelungen ist, einen neuen Dauerpatienten zu ergattern. Dann verschrieb er mir einige Beruhigungsmittel, empfahl mir eine vorübergehende Arbeitsunterbrechung und hieß mich in einer Woche wiederkommen. Der Arme! Mir scheint, dass er nichts, rein gar nichts verstanden hat: in einer Woche! Mein Gott, werde ich in einer Woche noch zu ihm gehen können? Werde ich imstande sein, überhaupt noch irgendwohin zu gehen? Vor allem – wird es mich dann noch geben? Bewusst sage ich nicht: Werde ich noch leben? – denn es ist doch gar nicht so sicher, ob ich tatsächlich lebe, aber mit Sicherheit gibt es mich; schließlich ist es nicht wichtig, ob als Mensch aus Fleisch und Blut oder nur in den Erinnerungen anderer, als Schatten von jemandem, der einst einer aus Fleisch und Blut war, aber es gibt mich mit Sicherheit. Deshalb sage ich also nur: Ich weiß nicht, ob es mich in einer Woche noch geben wird. Die Abläufe nicht nur im Körper des Menschen, sondern auch in seinem Geist, genauer gesagt in jener Spur, gerade in jener Spur, die der Geist in dem uns umgebenden Raum zurücklässt, nachdem der Körper sich aufgelöst hat, auch diese Abläufe gehen, wie ich meine, sehr rasch vor sich. Der Doktor wird mich bestimmt nicht wiedersehen, obwohl eine Woche nicht lang ist, aber diese fünf Tage dehnten sich für mich wie zwei Jahrzehnte, die kommende Woche mochte vielleicht sogar eine ganze Ewigkeit dauern.

Jene fünf Tage begannen, wie schon bemerkt, am späten Dienstagnachmittag, als ich aus der Stadt nach Hause kam, und endeten am Samstag gegen Abend auf dem Powązki-Friedhof.

Wenn mich mein Gedächtnis nicht trügt, so empfand ich keinen Unterschied zu den Hunderten vorangegangener Dienstagnachmittage, an denen ich meinen Nachhauseweg durch den Łazienki-Park abkürzte; wenn ich mich allerdings jetzt daran erinnere, dann war es einer der klarsten Tage überhaupt, mit strahlend blauem Himmel – an einen vergleichbaren Tag kann ich mich in meinem ganzen Leben nicht erinnern. Vielleicht macht sich ein Mensch, solange er nicht müde genug ist, die klare Schönheit eines solchen Spätoktobertages nicht bewusst. Der Raureif der vorherigen Nacht hatte die Blätter welken lassen, das Efeu an den Mauern des kleinen ehemaligen Königsschlosses hatte sich goldgelb und rot gefärbt, der Wind fegte durch die Zweige der Bäume und Sträucher, und unter den Füßen raschelte es ganz sacht und leise. Als ich schließlich aus der Stille des Parks in den

Lärm der angrenzenden Straße eingetaucht war und das große Warenhaus, das sich neben der Grünanlage befindet, passiert hatte, war ich bereits zu Hause. Beim Betreten des Treppenhauses dachte ich, dass ich mir das Abendessen selbst zubereiten und an dem Tag nirgendwo mehr hingehen würde. Ich würde das kürzlich begonnene Buch John von Neumanns, *Die Rechenmaschine und das menschliche Gehirn,* zu Ende lesen und am Abend noch etwas Radiomusik hören. Es kam jedoch ganz anders.

Als ich den Treppenabsatz zwischen dem zweiten und dritten Stock, wo ich wohne, erreichte, sah ich eine junge Frau am Fenster stehen. Als ich fast auf gleicher Höhe mit ihr war, wobei ich übrigens meinen Schritt etwas verlangsamte und sie neugierig betrachtete – sie schien mir vom Profil her eine verblüffende Ähnlichkeit mit jemandem zu haben, den ich womöglich vor vielen Jahren kennengelernt hatte –, wandte sie mir ihr Gesicht zu und fragte plötzlich, nachdem ich fast schon an ihr vorbei war: »Roman, stimmt's? Herr … Roman …? Ich irre mich doch nicht?« – obwohl der fragende Ton in ihrer Stimme die Sicherheit, mit der sie den Namen genannt hatte, Lügen strafte. Ich hingegen erwiderte zögernd – erstaunt wegen ebenjener Ähnlichkeit, die ich gerade bemerkt hatte, und wegen ihrer unvermittelten Frage, obwohl das Missverständnis offensichtlich war: »Nein, Sie müssen mich wohl mit jemandem verwechseln«, und sie erwiderte, wobei sie meine verneinende Antwort ganz außer Acht ließ: »Ich habe auf dich gewartet, Roman. Ich habe etwas für dich von Walter«, und ich sagte abermals und noch erstaunter: »Wirklich, Sie irren sich. Ich heiße Konradius. Wacław Konradius. Eine halbe Etage höher hängt an der Tür ein Schild mit meinem Namen«, und sie: »Ich weiß, Roman. Deshalb habe ich auch hier gewartet. Ich konnte *dies* doch nicht einfach bei deiner Haushälterin abgeben«, und da begriff ich plötzlich. Aber natürlich, sie hatte mich mit meinem Decknamen aus der Okkupationszeit vor zwanzig Jahren angesprochen, nur dass das schon so lange her war und ich womöglich – wäre nicht diese verblüffende Ähnlichkeit mit jemandem wohl aus den damaligen Zeiten gewesen – noch lange die Frage, vielmehr die Behauptung, ich sei Roman, nicht mit meiner Person in Verbindung gebracht hätte, nicht mit der Tatsache, dass ich einst für einige Leute eben Roman war; und sofort, als ich das kapierte – eigentlich sogar gleichzeitig, so, als habe mein Denken blitzschnell zweispurig gearbeitet –, fiel mir ein, an wen die Frau mich erinnerte: natürlich an Małgorzata, vielmehr an jene junge Frau, die damals in der Gruppe dieser Leute, bei denen ich Roman hieß, den Decknamen Małgorzata trug, und ich fragte: »Małgorzata?«, wobei ich mir aber sofort darüber im Klaren war, dass ich Unsinn redete. Wie hätte Małgorzata zwanzig Jahre lang so ein unverändertes Aussehen bewahren können! Diese junge Frau war höchstens ihre, wenn auch zum Verwechseln ähnliche, viel jüngere Schwester! Aber sie gab auf meine Frage keine Antwort, und als fürchtete sie sich vor der nächsten, sagte sie rasch: »Hier ist ein Brief von Walter. Darin steht, was du weiter zu tun hast. Übermorgen komme ich um die gleiche Zeit und hole die Unterlagen bei dir ab, denk daran, Roman. Wenn du den Brief gelesen hast, verbrenn ihn sofort. Das ist alles. Pass auf dich auf, Roman.« Den letzten Satz sagte sie sanft, fast zärtlich, und schon war sie weg.

Ich habe den Eindruck, dass ich kaum den länglichen grauen Briefumschlag, den sie mir gegeben hatte, in der Hand hielt, als ich bereits unten im Treppenhaus ihre raschen, trippelnden Schritte vernahm, das Quietschen des sich automatisch öffnenden Tors, das sofort ins Schloss fiel; und wieder herrschte Stille, in die nur schwer und von ferne der Lärm der Straße drang.

Ich stand auf dem Treppenabsatz und wusste nicht, ob ich ihr hinterherlaufen und alles erklären sollte (doch zum Teufel, was hätte ich ihr erklären können, einen Irrtum? ein Missverständnis?) oder von ihr eine Erklärung verlangen (aber wofür?), ich hatte nichts von alledem verstanden. Im Übrigen war sie bestimmt schon längst weg, und wie hätte ich sie schließlich in der Menschenmenge finden können? Was hätten außerdem die Fragen klären können? Dass ich nicht derjenige bin, der ich bin? Ach, mein Gott, das ist doch die reinste Idiotie! Außerdem spürte ich, dass sie mir ohnehin auf keine der Fragen geantwortet hätte. Offensichtlich war sie nicht auf ein Gespräch vorbereitet gewesen, da sie sich verhalten hatte, als erfülle sie eine Aufgabe, als erledige sie nur für jemanden einen Auftrag, sonst nichts. Und während ich unschlüssig den Briefumschlag zerknüllte, stieg ich die halbe Etage, die mich noch von meiner Wohnung trennte, hoch und schloss die Tür auf.

Mir schlug der unangenehme Geruch einer lange nicht gelüfteten und gleichsam verwaisten Wohnung entgegen, ein Geruch, der an morsches Holz und an alten, zerschlissenen Stoff erinnerte, sodass ich erstaunt meiner Haushälterin zurief: »Was ist denn hier los? Haben Sie etwa den Abfall nicht hinuntergebracht? Das verschlägt einem ja den Atem«, aber niemand antwortete, und mir fiel ein, dass meine Haushälterin gestern für eine Woche zu ihrer kranken Tochter ins Dorf gefahren war; unsicher bewegte ich mich im Halbdunkel auf die gegenüberliegende Wand zu, schob die schweren Vorhänge beiseite und öffnete die Fenster, wobei ich mich mit dem Gedanken herumschlug, dass ich hätte schwören können, die Wohnung, bevor ich am Morgen weggegangen war, gründlich gelüftet zu haben. Im Dämmerlicht erblickte ich Staub auf den Möbeln und einen schimmelig-grünen Belag auf den Zeitungen, die sich unten auf den

Bücherregalen stapelten – als habe sich Feuchtigkeit in der Wohnung eingenistet –, und unwillkürlich kam mir der Gedanke, dass das nicht sein konnte. Woher denn? Wie denn? Doch sofort verdrängte ich den Gedanken; in der Hand hatte ich immer noch den länglichen grauen Briefumschlag, und schließlich musste ich mich von seinem Inhalt überzeugen. Ich riss ihn auf und nahm einen zusammengefalteten Brief heraus, der – wie der Umschlag – auf grauem Papier mit der Schreibmaschine geschrieben war. Während ich ihn rasch überflog, packte mich zunächst Befremden. Dieses Befremden musste wohl an Angst grenzen, denn ich spürte, wie mir der Schweiß ausbrach, mir gleichzeitig aber ganz kalt wurde. Ich nahm an, dass es sich um einen unwahrscheinlichen Irrtum handelte oder um einen schlechten Witz, dem ich zum Opfer gefallen war, obwohl die wenigen Sätze in dem Brief weder für die eine noch für die andere Möglichkeit eine hinreichende Erklärung boten. Sie enthielten lediglich die Anweisung, morgen, am 23. Oktober, um 15.30 Uhr an dem mir bekannten Ort zu erscheinen und einen Auftrag auszuführen, kein Wort mehr – außer der Unterschrift *Walter*, knapp und sachlich, in dieser Maschinenschrift, welche die deutsche Herkunft der Schreibmaschine verriet, da die für einige polnische Buchstaben typischen Striche und Pünktchen mit Tinte hinzugefügt worden waren. Von irgendwo ganz weit her, aus den unendlichen Tiefen des

Vergessens, wehte mich eine durchdringende Kälte an. Ich erschauderte.

Ich setzte mich in den Sessel – den Mantel hatte ich vergessen auszuziehen – und starrte stumpfsinnig auf den Brief in meiner Hand, so als hätte ich noch eine geringe Hoffnung, ihm sein Geheimnis zu entlocken, aber nein, mir kam nichts Vernünftiges in den Sinn. In Gedanken ließ ich blitzschnell die Menschen aus meiner Umgebung Revue passieren. Von meinen Kollegen aus der Universitätsbibliothek, in der ich schon ziemlich lange arbeitete, wusste niemand etwas von meiner Vergangenheit während der Okkupationszeit. Bekannte hatte ich nicht viele, und von ihnen wusste auch niemand, was ich während des Krieges gemacht hatte, zumindest nichts Genaueres. Viele Jahre hindurch war es gefährlich gewesen, sich zu seiner Untergrundtätigkeit zu bekennen, sodass ich es mir schließlich ganz abgewöhnt hatte, überhaupt mit jemandem darüber zu sprechen. Wer konnte es also gewesen sein? Was für ein Interesse konnte diese Person im Übrigen daran haben, mich derart in die Irre zu führen? Ich fand keine Erklärung. Denn dass dieser Jemand – wer auch immer der Verfasser dieses überaus merkwürdigen Briefes gewesen sein mochte – sich auf jene Zeiten berief, erschien mir sofort mehr als sicher. Walter, natürlich, ich erinnerte mich noch an den Namen, vielmehr an den Decknamen (obwohl mich mit dem Namensträger nicht allzu viel verband), ich erinnerte mich sogar ziemlich gut an den Namen. Walter war einer meiner Anführer im Untergrund gewesen, man hatte mich ihm für kurze Zeit zugeteilt, vielleicht ein Jahr vor dem Warschauer Aufstand. Er leitete eine Gruppe für Spezialaufgaben, bestehend aus sechs oder sieben Personen, die zuvor, wie ich auch, gründlich ausgebildet worden waren; ja, wir waren wohl zusammen sieben, wenn man die einzige Frau, Małgorzata, noch mit dazurechnete, die eine Verbindungsperson zum Führungsstab gewesen war. Zuvor hatten wir sieben uns nicht gekannt, und nach Ausführung unseres Auftrages, für den wir Walter zugeteilt waren, sollte jeder von uns wieder zu seiner Unterorganisation zurückkehren. An Walter selbst erinnerte ich mich eigentlich kaum, denn er war mir durch keine Besonderheit im Gedächtnis geblieben (ich hatte im Übrigen nur drei, höchstens vier Wochen mit ihm zu tun, sodass ich heute nicht einmal in der Lage gewesen wäre, mir auch nur das kleinste Detail seines Aussehens ins Gedächtnis zu rufen); in Erinnerung geblieben war er mir allerdings wegen der Verbindungsperson Małgorzata, mit der ihn wohl etwas mehr verband als die für eine Untergrundtätigkeit typische Vertrautheit. Denn obwohl ich während dieser zwanzig Jahre sein Gesicht nicht im Gedächtnis behalten hatte, so erinnerte ich mich doch noch an die Handbewegung, mit der er einst unmittelbar vor unserem Einsatz Małgorzatas Waffe überprüfte, und daran, wie später seine Hand, die ihr den Revolver zurückgab, innehielt und seine Finger die Finger der jungen Frau berührten, und noch später – und zwar ziemlich genau – an das, was ich selbst empfand, jene Welle erregter, hoffnungsloser Eifersucht, gemischt mit etwas, das vielleicht Hass gewesen wäre, wenn ich es gewagt hätte, dieses Gefühl beim Namen zu nennen, obwohl ich es sofort in mir unterdrückte, so feindselig und vollkommen fehl am Platz erschien es mir damals, es musste jedoch tief vergraben in mir gesteckt haben, in den tiefsten Schichten meines Unterbewusstseins, wenn es nach diesen langen zwanzig Jahren plötzlich durch den Namen *Walter,* der ja nur unter dem Brief stand, wachgerufen wurde und ich es wieder mit der gleichen Intensität wie damals verspürte.

Als ich mir über die schweißbedeckte Stirn fuhr, fühlte sich die Feuchtigkeit unter meinen Fingern kalt und glitschig an, als hätte ich Stearin zerrieben. Ich bemerkte, dass ich immer noch im Mantel dasaß, hatte aber nicht die Kraft, vom Sessel aufzustehen, mich auszuziehen und irgendetwas zu tun: mir einen Tee aufzugießen, zu lesen, was ich mir vorgenommen hatte, das Radio einzuschalten, um irgendeine menschliche Stimme zu hören; für nichts hatte ich Kraft und war wie gelähmt. Meine Augen konnten sich, gleichsam unabhängig von meinem Willen, noch immer nicht von dem maschinengeschriebenen Stück Papier, das ich in der Hand hielt, lösen, und meine Gedanken schoben mit unerbittlicher Hartnäckigkeit das Dunkel beiseite, das sich doch, wie man hätte meinen können, für immer über jene fernen Jahre gesenkt hatte, und entrissen ihm Bild um Bild, Ereignis um Ereignis. Wie hatte ich nur Małgorzata dort auf der Treppe nicht erkennen können, als sie mir den grauen Briefumschlag von Walter gab und *Roman* zu mir sagte? Eine erschreckende Taubheit und Blindheit des Gedächtnisses. Wie war das möglich? Das heißt, nein, nicht Małgorzata (ich sollte mich genauer ausdrücken, das ist wichtig, um meinen Zustand zu beschreiben, wenn sich natürlich dieser Zustand überhaupt in irgendeiner Form beschreiben lässt), nein, natürlich nicht, Małgorzata war doch schon längst tot, aber vielleicht eine Schwester oder Verwandte von ihr, wie hatte ich sie nicht erkennen können –, ich sagte es mir immer wieder in meiner Benommenheit – diese Frau, die, ganz gleich, wer sie auch war, Małgorzata zum Verwechseln ähnlich sah, sodass ich sie nicht anders als mit diesem Namen ansprechen konnte; woran lag es nur, dass ich sie nicht sofort erkannt hatte?

Das lag vielleicht nur daran, dass ich Małgorzata aus meinem Gedächtnis strich, als ich einen Monat nach Kriegsende auf dem Powązki-Friedhof ein bescheidenes Grab mit einem Steinkreuz entdeckt hatte, in welches (wie es bei uns immer noch üblich ist) ein ovales Bild eingelassen war, direkt über dem Decknamen »Małgorzata« und dem Todesdatum – eine Fotografie, auf der sie, wie zu ihren Lebzeiten, nur mit den Augen lächelte, während das Gesicht unbeweglich und ernst war; als ich auf dieses Grab stieß, mein Blick auf das Emailschild mit dem Bild fiel und ich, ohne die Inschrift zu lesen, bereits alles wusste und nicht mehr wissen wollte, da strich ich Małgorzata aus meinem Gedächtnis, strich sie mit aller Gewalt und unter Schmerzen aus meinem Gedächtnis, aber, wie mir damals schien, ein für allemal, denn ich hätte mit der Erinnerung an sie nicht ruhig weiterleben können; und erst später, bedeutend später, ließen die Jahre die Wunde ein wenig verheilen und bedeckten sie mit einer dicken Narbe, unter die ich nicht mit meinen Gedanken vorzudringen versuchte. Aber obwohl die Narbe ziemlich dick und dicht war, sodass ich – als ich mit der jungen Frau zusammentraf, die auf dem Treppenabsatz wartete, um mir den grauen Briefumschlag zu übergeben – weder sofort die Ähnlichkeit ihres Gesichts zeitlich einordnen und diese Ähnlichkeit mit jemandem, der mir nahegestanden hatte, in Verbindung bringen, noch den richtigen Namen finden konnte, als ich auf sie zuging, nicht einmal dann, als sie bereits *Roman* zu mir sagte, war die Narbe doch nicht dick und dicht genug, um mich eine Viertel- oder halbe Stunde später vor all dem zu bewahren, was dann aus jenem Dunkel des längst vergessen Geglaubten zu mir vorzudringen begann und immer deutlicher, doch keineswegs verständlicher wurde.

Hätte mich ein oder zwei Tage zuvor plötzlich jemand gefragt, wie es geschehen war, unter welchen Umständen ich Małgorzata aus den Augen verloren hatte, oder genauer, wie sie mich aus den Augen verloren hatte, denn wir hätten uns doch noch einmal treffen sollen – und es war meine Schuld gewesen, dass die Begegnung nicht zustande kam, obwohl eigentlich das Zusammentreffen von Umständen, von dummen Zufällen schuld daran war; wie hätte ich denn verantwortlich dafür sein können, dass ich im falschen Augenblick auf die Straße gegangen war, die gerade von den Deutschen »durchkämmt« wurde, und dass ich geschnappt wurde, aber das ist nun nicht wichtig; hätte mich jemand ein oder zwei Tage zuvor gefragt, hätte ich ihm darauf keine Antwort geben können, hätte zuerst gründlich überlegen müssen, und selbst dann wäre ich nicht sicher gewesen bezüglich der Genauigkeit meiner Antwort. Aber das, was mit mir geschah, geschah weder einen noch zwei Tage zuvor, sondern genau am Dienstag, dem 22. Oktober, nachmittags; ich hatte die Begegnung auf der Treppe bereits hinter mir und den merkwürdigen Brief mit Walters Unterschrift auch schon gelesen, und als ich schließlich die Mauer durchbrochen hatte, die die Vergangenheit von der Gegenwart trennte und die ich selbst in meinem Gedächtnis errichtet hatte, verband ich die Erinnerungen an lange zurückliegende Ereignisse mühelos, oder jedenfalls ohne besondere Mühe, denke ich.

Wie war es also geschehen, dass Małgorzata und ich den Kontakt zueinander verloren hatten? Ich versuche mir nicht nur vorzustellen, wie jene aus dem Gedächtnis aufgetauchten Ereignisse einst chronologisch aufeinanderfolgten und miteinander verbunden waren, sondern auch und vor allem, wie ich sie mir in Erinnerung gerufen habe, an jenem Dienstag, als ich mit dem Rücken zum Fenster im Sessel saß, schwitzend und frierend zugleich, genauer gesagt, wie mir zunächst übrigens nicht unbedingt die wichtigsten Ereignisse einfielen, mit deren Hilfe ich mich später, im Laufe dieser unwirklichen, verrückten Woche und allem, was sie mir brachte, der Reihe nach an andere Ereignisse erinnerte und im Rahmen des Möglichen ein Bild von Vergangenheit und Gegenwart herzustellen versuchte, die aber letztlich keine Bedeutung haben, diese Vergangenheit und Gegenwart – wenn man sie auch gewöhnlich so nennt –, denn diese Zeiten sind in meinem Fall eng miteinander verflochten, sodass ich selbst nicht weiß, ob sie getrennt voneinander existieren, ob sie überhaupt existieren, da vielleicht nur eine beständige Zeiteinheit existiert, die sowohl Vergangenheit als auch Gegenwart ist, oder ob auch diese überhaupt nicht existiert, sondern nur unsere merkwürdige und nicht überprüfbare Vorstellung von Zeit ist.

Aber halten wir uns an die Fakten. Das war doch damals, als ich kurz darauf von Walter abkommandiert werden sollte und idiotischerweise bei einer Razzia auf der Straße der Gestapo in die Hände fiel. Genau zu dem Zeitpunkt verlor ich den Kontakt zu Małgorzata, obwohl er anscheinend auch so nach einer weiteren gemeinsamen Aktion hätte abreißen sollen, zu meiner ohnmächtigen Verzweiflung, die mir damals keinen Augenblick Ruhe ließ; natürlich nicht wegen Walter, auch nicht wegen eines dieser sechs Männer, die zu unserer Gruppe gehört hatten und mit denen ich schon etwas vertraut geworden war, sondern wegen Małgorzata, die in einem Maße meine Gedanken und meine Phantasie beherrschte, dass ich entgegen den ehernen Gesetzen des Untergrunds (die vor allem in den Gruppen für Spezialaufgaben befolgt wurden) ausgerechnet am Ende unserer Aktion in Erfahrung brachte, wo sie wohnte, indem ich ihr eines Abends in den entlegenen Villenvorort folgte, wobei ich mich wie ein Spitzel hinter Mauern und in Toreinfahrten versteckte, wenn sie sich durch den allzu lauten Hall meiner Schritte in den leeren Straßen umdrehte; und obwohl ich in meiner, unter diesen Bedingungen sträflichen, Indiskretion nicht weiterging und ihren richtigen Vor- und Nachnamen nicht in Erfahrung brachte (was im Übrigen gar nicht schwierig gewesen wäre, da das Haus, wie ich mich überzeugt hatte, nur von einer Familie bewohnt wurde, von einem gewissen

Doktor Iwaszyński, daran erinnere ich mich bis heute noch sehr gut, und Małgorzata mochte eine Verwandte von ihm gewesen sein), machte ich dennoch am nächsten Tag, während ich hinter dem Mauervorsprung eines ausgebrannten Hauses auf der anderen Straßenseite stand, heimlich ein Foto von ihr, als sie aus dem Haus auf die Straße trat; in einem Regenmantel und mit einer vollgestopften Aktentasche unter dem Arm ging sie in Richtung Stadtmitte. Dieses Foto wähnte ich schon seit langer Zeit verloren, aber zwei Tage später, am Donnerstag, als ich in Gerümpel und Papierstapeln wühlte, die ich während dieser zwanzig Jahre von Wohnung zu Wohnung mitgeschleppt hatte, ohne überhaupt zu wissen, wozu, fand ich die Aufnahme, und so, als habe sie nur auf diesen Augenblick gewartet, in dem ich wieder daran denken würde, fiel sie mir von selbst in die Hände, obwohl ich im Laufe dieser zwanzig Jahre mehr als einmal in diesem Gerümpel gewühlt und die Papiere durcheinandergebracht hatte und nie darauf gestoßen war – dessen bin ich mir absolut sicher.

An dem Tag, als ich Małgorzatas Spur in den Villenvorort folgte, und ein oder zwei Tage bevor ich auf verhängnisvolle Weise den Deutschen in die Hände fiel, traf ich mich noch einmal mit der ganzen Gruppe in einer Dachwohnung – wo ein unangenehmer Apothekengeruch herrschte – in einem direkt am Fluss gelegenen Teil der Stadt. Walter hatte uns dort hinbestellt, um mit uns minutiös das Vorgehen bei unserer bevorstehenden Aktion zu besprechen; obwohl ich später nicht in der Lage war, mich an irgendetwas in diesem Haus zu erinnern, es nicht einmal annähernd in dem Gewirr von Uferstäßchen und Gässchen zu finden vermochte – und wäre nicht dieses letzte Treffen gewesen, hätte ich bestimmt nie versucht, mich daran zu erinnern –, so erinnere ich mich doch, dass vom Fenster aus ein Wasserstreifen und eine an einem Pfahl festgebundene Barke zu sehen waren. Ich weiß noch, dass es um die Beseitigung eines Geheimagenten oder eines Spitzels ging, ganz genau kann ich es allerdings auch nicht mehr sagen, denn ich war damals ziemlich unaufmerksam und zerstreut, ich hörte zwar Walters Worte, beobachtete aber gleichzeitig verstohlen Małgorzata, versuchte, in ihrem Blick zu ergründen, was sie mit diesem Menschen verband, und bestimmt habe ich es nicht ergründen können, da mir von jenem Abend nur der Eindruck von etwas Unausgesprochenem geblieben ist, der Schatten eines Geheimnisses und einer Doppeldeutigkeit. Wer immer jedoch dieser Mann war, den wir beseitigen sollten – für den Führungsstab war die geplante Aktion sicher von besonderer Wichtigkeit und Bedeutung, denn Walter hatte sie mit äußerster Sorgfalt vorbereitet; mit geradezu übertriebener Genauigkeit besprach er jeden unserer Schritte, aber mein Anteil an dem Ganzen war nicht groß. Zumindest hatte ich das damals angenommen, als ich zusammen mit diesen Leuten in jenem kleinen Zimmer mit den Dachschrägen saß, in dem es nach einer Mischung aus Apotheke und Operationssaal roch und das die eigentlichen Bewohner für die Dauer unseres Treffens verlassen hatten, und zuhörte, was Walter zu mir sagte, und auch am späten Dienstagnachmittag glaubte ich es noch, als der Brief in dem grauen Umschlag mich zwang, an jene Szene zurückzudenken und an das, was Walter von mir verlangt hatte und was nicht viel gewesen war, ja, ich sollte in das Haus Nummer drei in der Promienista-Straße gehen, drei Minuten nach Beginn der Aktion, und im zweiten Stock in die Wohnung Nummer neun, die dritte Tür vom Korridor zu einem Zimmer öffnen, in dem sich zwischen den Fenstern ein Schreibtisch befinden sollte, um schließlich, nachdem ich die rechte untere Schreibtischschublade aufgezogen hatte, einen Stoß Unterlagen herauszunehmen, blaue Briefumschläge mit einem Gummiband darum, das war alles – also wohl nicht viel. Der Rest: Schmiere zu stehen während der ganzen Aktion, die Hausbewohner fernzuhalten, sogar mit dem dort wohnenden Geheimagenten kurzen Prozess zu machen und den Rückweg zu sichern, dieser wesentliche Rest oblag den anderen unserer Gruppe; über den genauen Tag und die Uhrzeit sollte ich jedoch erst später informiert werden. Und so geschah es auch. Informiert wurde ich später, zwanzig Jahre später, das war dieser graue Brief, den ich in der Hand hielt, zweifellos, dieser Brief, den man mir übergeben hatte und mit dem sich jemand einen gemeinen, idiotischen Scherz erlaubt und damit einen geradezu schwarzen Humor bewiesen hatte (umso mehr, als alle in die damalige Geschichte verwickelten Personen, wie ich es doch einst überprüft hatte, bereits tot waren), mit einer völlig im Dunkeln liegenden Absicht, oder … oder war der Brief zufällig wiedergefunden worden …? Ich klammerte mich an diesen Gedanken, denn es konnte tatsächlich so gewesen sein: Der Brief hatte zwanzig Jahre lang bei Małgorzatas Familie gelegen, jemand hatte ihn gefunden, festgestellt, dass er an mich adressiert war, und ihre Schwester oder Verwandte (unwichtig im Übrigen, wer sie war), diese junge Frau im Treppenhaus überbrachte ihn mir.

Aber nein, das war genauso absurd wie die erste Möglichkeit. Heute habe ich natürlich diesbezüglich Sicherheit gewonnen, doch ich versuche, in meinem Bericht genau zu sein, nicht nur, was die aufeinanderfolgenden Ereignisse betrifft, in die ich hineingezogen wurde, sondern auch, was meine Gefühle und Gedanken betrifft, denen ich damals in meiner Unruhe und Zerrissenheit ausgeliefert war; die Möglichkeit, dass dieser Brief mir niemals ausgehändigt worden war, später gefunden und mir dann übergeben wurde, zog ich also tatsächlich zuerst mit Freude in Betracht, da sich dies alles anscheinend einigermaßen logisch erklären ließ. Aber als ich einen Blick auf den Umschlag geworfen und keine Anschrift darauf gefunden hatte, war es mit meiner Freude schon wieder vorbei, und bald darauf packten mich umso größere Zweifel, denn weder Małgorzata noch Walter, der Anführer der Gruppe, noch überhaupt einer dieser Leute hatte meinen richtigen Vor- und Nachnamen gekannt, wie also, auf welchem Weg, zum Teufel, war der Brief ohne Anschrift nach so vielen Jahren an den Empfänger gelangt, und schließlich, wer hatte die junge Frau, der ich im Treppenhaus begegnet war, darüber informieren können, dass ich Roman gewesen war, wenn ich doch selbst diese Tatsache bereits fast zu vergessen imstande gewesen war? Dieses Rätsel, das spürte ich, war unlösbar, es war wie eine unüberwindliche Mauer und erfüllte mich mit immer größerer Angst.

Vielleicht hätte ich diesen unseligen Brief sofort in den Abfalleimer werfen, mit den Schultern zucken und laut lachen sollen. So machen es viele, wenn sie etwas nicht lösen können und sich den Kopf nicht mit unergründlichen Fragen belasten wollen. Ich weiß nicht, weshalb ich es nicht tat, vielleicht wäre alles ganz anders gekommen. Offenbar ging von dem Brief oder von mir selbst etwas aus, ich weiß es nicht, etwas, das wohl stärker war als ich und mir nicht erlaubte, so zu reagieren, denke ich.

Damals, vor zwanzig Jahren, nach dem Treffen in dem Stadtteil am Fluss, sah ich Walters Leute nicht wieder. Und dann, am darauffolgenden Tag oder zwei Tage später, schnappten mich die Deutschen, soweit ich mich erinnere, und obwohl das reiner Zufall war, gingen sie sofort sehr grob mit mir um, als ob sie gewusst hätten, dass ich etwas wusste, was ihnen nützlich war, aber ich konnte ihnen nichts verraten, weil mich irgend so ein schwachsinniger Neuling verprügelte, er schlug mir etwas zu oft auf den Kopf, daher war ich gar nicht lange bei Bewusstsein und habe diese ganze Woche bei der Gestapo eigentlich nur als eine einzige große Dunkelheit mit einigen wenigen lichten Momenten erlebt; dann aber erwachte ich in der Nacht in einem verplombten Viehwaggon inmitten eines zusammengepferchten Haufens von Menschen auf dem Weg ins Konzentrationslager, und als sie ein Bodenbrett des Waggons herausrissen, rollte ich, als einer der Letzten, zwischen die Schienen unter den rasenden Zug (ich erinnere mich an einen roten Lichtschein, der mich ganz umfing, an Schmerz und Leere, grellrote Leere), und als ich dann wieder zu mir kam, war ich bereits von Wald umgeben; ich wurde von zwei Partisanen getragen, von denen ich nicht wusste, woher sie gerade in dem Augenblick gekommen waren; und von da an beginnt eine vollkommen andere Geschichte, die mit der bis jetzt geschilderten überhaupt nichts zu tun hat.

Was könnte ich dem noch hinzufügen? Wohl nur, dass ich über die von Walter geplante Aktion, an der ich hätte teilnehmen sollen, aber nicht teilnahm, nie etwas Genaues erfahren habe, obwohl ich glaube, dass ich es auch nicht einmal versucht habe, stattdessen informierte mich jemand (nein, ich kann mich nicht erinnern, wer), dass Walters Gruppe umgekommen sei. Oder vielleicht erkundigte ich mich nach Małgorzata, nachdem ich auf ihr Grab gestoßen war, und erfuhr es damals? Nein, wirklich, ich kann mich nicht erinnern, woher und wie ich es erfahren habe, denn ich erinnere mich gleichzeitig daran, dass ich mir an ihrem Grab schwor, nie mehr an sie zu denken und sie überhaupt nicht mehr zu erwähnen; aber ich weiß, dass sie alle nicht mehr leben, weiß es mit absoluter Sicherheit – das heißt, nicht erst jetzt, da ich es erzähle, weil ich die Tatsache, dass sie tot sind, genau nachprüft habe, sondern ich wusste es schon damals, am Dienstag, dem 22. Oktober, als ich den Brief in der Hand hielt, in dem mir die Aufgabe für den nächsten Tag, den 23. Oktober, mitgeteilt wurde, nur dass es der Tag vor zwanzig Jahren war.

Ich bemerkte nicht einmal, wie es Abend wurde. Immer noch saß ich von der langen Bewegungslosigkeit wie erstarrt da, gequält von Unsicherheit und einer Angst, wie sie gewöhnlich nur die Unsicherheit erzeugt, und ich spürte, wie ich allmählich in eine mir bis dahin unbekannte Hoffnungslosigkeit und Ohnmacht verfiel. Draußen dämmerte es bereits. Die Laternen unten auf der Straße brannten wohl seit über einer Stunde und warfen ihre Lichtstrahlen auch in meine Wohnung; da diese sich aber im dritten Stock befand, waren sie ziemlich schwach und irrten unbeholfen in verschwommenen Streifen über die Wände, ohne allzu sehr die Dunkelheit zu vertreiben, die, als ich für einen Augenblick den Kopf drehte, hinter mir einen so dichten und undurchdringlichen Eindruck machte, dass mir ein Schauder über den Rücken lief und es mir schien, als befände ich mich aus freien Stücken bereits im Grab. Dieser Gedanke erschütterte mich so sehr, dass ich wie ein erschrockenes Kind vom Sessel aufsprang, zur Tür lief, mich dabei an einem Möbelstück stieß, und erst als ich das Licht eingeschaltet hatte, schwand allmählich meine Angst, und mein Atem wurde ruhiger, aber ich musste noch einen ordentlichen Schluck Wodka zu mir nehmen und warten, bis das Blut ihn gefiltert und ins Gehirn gepumpt hatte, um dieses gewisse Wohlbehagen einer zumindest scheinbaren Gleichgültigkeit zu spüren, wie Alkohol sie einem verleiht, obwohl später, das muss ich gestehen – als beim Abendessen und dann beim Zubettgehen mein Blick mitunter im Zimmer umherirrte und zufällig an dem Schreibtisch hängen blieb, auf dem der graue Brief lag –, die Angst sich wieder bemerkbar machte und ich tatsächlich, wohl bis zum späten Abend, unter der Haut gleichsam ihr unterdrücktes Pulsieren spürte und deshalb höchstwahrscheinlich zum ersten Mal in meinem Leben in dieser

Nacht bei Licht schlief, wobei ich dennoch unruhige und quälende Träume hatte.

Am nächsten Tag versuchte ich vom frühen Morgen an, beharrlich jeden Gedanken zu vermeiden, der mich an den Vorfall des vorherigen Tages hätte erinnern können. Zunächst gelang mir das sogar; ich stand spät auf und auf dem Weg zur Bibliothek hatte ich nur den einen Gedanken: pünktlich zu sein; und dann stürzten eine Menge Aufgaben gleichzeitig auf mich ein. Während der Arbeit ist es immer leichter zu vergessen, was einen plagt, wenn ich jedoch jetzt an jenen Tag zurückdenke, glaube ich, dass ich mich von meinen Ängsten, welche die mir widerfahrene Geschichte hervorrief, keinen einzigen Augenblick befreit hatte, sondern nur wartete, ja, wartete, weiß Gott worauf, aber für diesen Zustand konnte es nur eine Bezeichnung geben: Warten; vielleicht auf einen Zufall, der alles erklärt hätte? Ich weiß es nicht. Zunächst, wie gesagt, lief es noch irgendwie, erst um eins oder vielleicht halb zwei – ich erinnere mich nicht genau – begann es mir schlecht zu gehen, etwas wie ein Schwindelanfall, Atembeschwerden, starkes Herzklopfen – das fiel sogar meinen Arbeitskollegen auf –, niemals zuvor war mir so etwas passiert; mir schien, dass die entlang den Wänden aufragenden und überquellenden Schränke und Regale voller dicker Bücher, Manuskripte und Schriftrollen lebten und mich zu erdrücken drohten, dass sie jeden Augenblick auf mich stürzen wollten und dass ich das Ziel einer Verschwörung von Gegenständen geworden sei, ich musste weg von hier. Mein Vorgesetzter hatte anscheinend bemerkt, dass mit mir etwas Ungutes vor sich ging, denn er forderte mich von sich aus auf, ohne dass ich ihn darum gebeten hatte, nach Hause zu gehen und mich ins Bett zu legen; merkwürdig, er hatte sich bisher nie allzu menschenfreundlich gezeigt, insbesondere mir gegenüber, aber jetzt vielleicht, weil es das erste Mal war.

Als ich das Bibliotheksgebäude verließ, wehte ein schwacher, doch kalter Wind. Die Luft war rau und trocken. Ich blieb neben der Treppe stehen, wo ein schlummernder Löwe aus grauem Stein lag, blickte mich um, ohne jedoch etwas wahrzunehmen, und schleppte mich dann fast wie ein Roboter vorwärts. Ich habe keine Ahnung, woran ich dachte, wahrscheinlich an gar nichts. Der Lärm der menschenüberlaufenen Straßen wurde immer lauter, mit quietschenden Reifen jagten die Autos vorbei, die Straßenbahnen bimmelten, der Lärm schwoll an, schwoll stetig an, begleitete mich, und dann wurde es schlagartig still. Das geschah so plötzlich und überraschend, dass ich stehen blieb; ich befand mich genau auf der meinem Wohnviertel entgegengesetzten Seite der Stadt. Etwas verblüfft schaute ich mich um, erkannte nur mit Mühe die Straße, denn ich war schon lange nicht mehr in dieser Gegend gewesen; wo bin ich nur gelandet, mein Gott! – schoss es mir durch den Kopf. Ich machte noch ein paar Schritte, und da erst wurde mir die Bedeutung der erstaunlichen Überraschung bewusst, die ich gerade erlebt hatte, die mich hatte innehalten lassen und gleichzeitig aus meiner vorherigen Erstarrung gerissen hatte: Der Großstadtlärm, der mich begleitet, ja, mich eigentlich schon seit der Bibliothek blind vor sich hergeschoben hatte, war verstummt, hatte schlagartig aufgehört, wie durch eine schalldichte Mauer eingedämmt. In der Straße vor mir herrschte absolute Stille, es fehlten sogar die Fußgänger. Ich begann zu begreifen.

Langsam ging ich bis zur ersten Kreuzung, wo eine ebenfalls menschenleere kleine Querstraße verlief; bewusst zaudernd versuchte ich, den Augenblick, in dem es geschehen musste, noch hinauszuzögern, ich wusste jedoch bereits, dass ich das nicht konnte, dass das nicht klappte, und warf einen Blick auf das Straßenschild, das an der Ecke in die Hauswand eingemauert war. Ich las: »Promienista-Straße«. Aber da konnte ich an mir bereits keine neue Überraschung oder Verblüffung feststellen, auch keine neue Welle der Angst, nicht einmal jene Ohnmacht, die ich einen Tag zuvor empfunden hatte; ich war innerlich vernichtet und sozusagen meines »Ichs« beraubt, jedoch entschlossen und wachsam. Wieder bewegte ich mich vorwärts, und in meinen Schritten erkannte ich einen gleichmäßigen, genauen, irgendwie aber nicht eigenen, sondern von einer fremden Kraft angetriebenen Rhythmus und hatte bereits die Gewissheit, dass ich die Bedeutung des am Vortag erhaltenen Briefes und das, was er verbarg, überprüfen musste.

Die Nummer drei war ein graues fünfstöckiges Mietshaus, dessen Fassade vom Erdgeschoss bis unter das Dach Verzierungen des späten Jugendstils trug; durch das breite Eingangstor war der kleine Hof zu sehen, eng wie ein Brunnenschacht, umgeben von schmutzigen Hinterhäusern. Es war also hier das einzige unversehrt gebliebene Gebäude aus der Vorkriegszeit, eingezwängt zwischen modernen farbenfrohen Wohnhäusern.

Einen Moment lang stand ich da, ohne eigentlich durch das Tor zu blicken, lauschte vielmehr in die Stille, die für diese Tageszeit und die ganz und gar nicht entlegene Gegend ungewöhnlich war, lauschte, wie die Stille hereinströmte, gleichsam durch den Luftzug von der Straße ins Hofinnere herein- und wieder zurückgeweht wurde. Unwillkürlich zog ich den Mantelärmel hoch und warf einen Blick auf meine Armbanduhr: Es war 15.35 Uhr. Ich dachte, dass ich mich verspätet hätte oder dass meine Uhr vorginge; ich trat ein.

Die Stille dauerte an. Sie war so, wie sie immer auf einen unvermittelt verstummten Lärm, auf ein plötzlich unterdrücktes oder verhalltes Geräusch folgt: künstlich, als hätten ein Laut oder Laute eben erst die Luft erbeben lassen und wären plötzlich abgerissen und die Welt hätte ihr Gleichgewicht noch nicht wiedererlangt und sich noch nicht erneut mit Lauten gefüllt; dann begann die Stille sich mit dem Hall meiner Schritte bemerkbar zu machen, aber das war alles, kein Geräusch begleitete mich mehr, bis ich den dritten Stock erreichte.

Als ich vor der Wohnungstür Nummer neun stehen geblieben war, las ich den Namen auf dem kleinen Schild und drückte auf die Klingel; ihr schriller Ton zerriss jäh die Stille, sodass ich erschauderte. Erst nach einer längeren Weile hörte ich ein schwerfälliges, altersschwaches Schlurfen hinter der Tür, und ich wiederholte noch einmal unbewusst in Gedanken den Vor- und den Nachnamen, die in das Namensschild eingraviert waren, als sich die Tür ein wenig bewegte. Da bemerkte ich, dass sie überhaupt nicht geschlossen, nicht einmal nur leicht angelehnt war, sondern einige Zentimeter offen stand, und dass derjenige, der mühsam herangeschlurft war, hinter der Tür stand und nicht die Absicht hatte, mich hereinzulassen, sondern im Gegenteil versuchte, sie lautlos zu schließen; ich dachte, die Person habe vielleicht das Läuten nicht gehört, drückte noch einmal auf die Klingel und zuckte wieder unter ihrem aufdringlichen Klang zusammen; ich nahm den Türgriff in die Hand, damit mir die Tür nicht vor der Nase zugeschlagen würde, und da spürte ich einen Widerstand unter meiner Hand, als lehne sich jemand von innen gegen die Tür, und sofort, ohne nachzudenken, selbst erstaunt über das, was ich tat, drückte ich ziemlich kräftig dagegen, spürte jedoch im nächsten Moment, dass der Widerstand nicht nachließ und die Person hinter der Tür bewusst Widerstand leistete, sodass ich mich nun mit ganzer Kraft dagegenstemmte.

Als ich fast schon in der Wohnung war, zwar noch nicht auf der anderen Seite der Tür, aber doch im körperbreiten Türspalt, stieß ich fast mit einer alten Frau mit faltigem Gesicht zusammen (das war der erste Eindruck, der sich durch die Schale jenes unbegreiflichen Zustands tief in mein Bewusstsein bohrte, jenes Zustands, in dem ich mich befand und der mich zu diesen roboterähnlichen, nicht zu mir gehörenden, von einer unverständlichen, fremden Kraft diktierten Bewegungen zwang, die ich ausführen musste: mich gegen die Tür stemmen und in die fremde Wohnung eindringen; der erste Eindruck war also, dass das Gesicht der Frau trocken wie Pergament und ganz faltig war, nur von einem Paar runder Augen belebt, einer Art Karpfenaugen, die wie in einer klebrigen Masse schwammen), und sofort, bevor ich auch nur irgendeine Erklärung hervorstammeln, den Grund meines Kommens und meine Unverblümtheit erklären konnte, bevor ich noch überlegen konnte, was ich sagen sollte und ob ich überhaupt etwas sagen sollte, flüsterte sie wie mit unterdrückter Hoffnung: »Doktor? Doktor?«, beim zweiten Mal schon ganz hoffnungslos, und gleichzeitig, als das Flüstern schon verklungen war, wurde die Stille, die immer noch andauerte, von einem Schrei durchbrochen, dem herzzerreißenden Schrei der Frau; das war kein Hilferuf, obwohl mir ein solcher Gedanke sofort durch den Kopf schoss, sondern ein wortloser Schrei, eher ein Lallen, nur von Entsetzen und Verzweiflung und vielleicht einer Vorahnung von Schwäche verstärkt, und gleichzeitig spürte ich ihre Hände, wie sie sich an meinen Armen festkrallten, wie mich kalte, klauenähnliche, bewegliche, klammernde Hände zurückstießen und ich die Frau von mir schob, ich schob sie von mir, stieß sie nicht zurück, sondern schob sie von mir, das möchte ich betonen, denn ich erinnere mich, in einem neuen Aufblitzen von Nüchternheit wurde mir bewusst, dass ich ein Eindringling war, eingedrungen wie ein Dieb; ich musste mich erklären, der von Entsetzen gepackten Frau sagen, dass ich mit keinerlei schlechten Absichten gekommen sei, ich musste irgendetwas sagen, da sie sonst mit ihrem Schrei die Leute im Haus herbeirufen würde, und dann erst würde ich weiß der Teufel was erklären müssen; also presste ich hervor: »Beruhigen Sie sich doch. Warum schreien Sie denn so? Ich werde ja nicht … Ich wollte nur fragen … nur wissen …«, aber der Schrei ertönte erneut, wuchs sich zu einem Geheul aus, erstickte geradezu meine Worte, ich wusste übrigens schon selbst nicht mehr, was ich hatte fragen wollen, und dieser eine kurze Augenblick der Nüchternheit verschwand, wieder war ich wie meines »Ichs« beraubt, innerlich leer, aber doch eher so, als säße in mir jemand, ein Fremder, der mir diktierte, was ich zu tun hatte, und da stieß ich sie so zurück, dass sie taumelte, denn zuvor hatte ich das nicht getan, zuvor hatte ich sie nur zurückgeschoben; und nachdem ich die Wohnungstür hinter mir zugeschlagen hatte, lehnte ich mich mit dem Rücken dagegen und holte tief Luft. Der Schrei der Alten verstummte nicht, aber er war nun durch die vier Wände des rechteckigen Korridors begrenzt und klang gedämpfter.

Ich weiß nicht, weshalb ich das tat, vielleicht deshalb, weil die scharfsichtige Nüchternheit, die Geistesgegenwart in meinem Gehirn nicht mehr aufgeblitzt war und ich bereits vollkommen nach den Gesetzen eines von fremdem, unerschütterlichem Willen in Gang gesetzten Roboters reagierte; ich weiß es nicht, aber ich ging auf die schreiende alte Frau zu, nein, wenn ich genau sein soll, sprang ich auf sie zu, packte sie am Arm und schleuderte sie in einen am Fenster stehenden Sessel, ich glaube sogar, ziemlich brutal. Da riss ihr lallender Schrei ab und schlug in etwas Leises und Klägliches um, in ein Jammern, halb wie das Wimmern eines Kindes, worauf ich mit jener kühlen Entschlossenheit, deren Ursprung unklar war, bereits zu zählen begann, verbissen und hartnäckig, ohne der Alten noch Beachtung zu schenken, ich vergaß überhaupt ihre Anwesenheit und zählte laut: erste, zweite, dritte Tür. Machte ein paar Schritte auf die dritte Tür zu, rüttelte an der Türklinke und öffnete sie.

Mir scheint, dass ich zu atmen aufhörte. Mir scheint, dass sogar mein Herz zu schlagen aufhörte. Aber in dem Moment dachte ich nicht daran. Das Zimmer, in dem ich mich befand, war sehr dämmrig, an den Fenstern hingen schwarze Papierrollos, ich lief hin und versuchte, sie hochzuziehen, um etwas mehr Licht hereinzulassen; es ging aber nicht, denn die Schnüre hatten sich verheddert oder Ähnliches, ich weiß es nicht. Meine Augen gewöhnten sich schließlich an die Dämmerung, aber ich konnte mich noch nicht vollständig in dieser Umgebung zurechtfinden; ein unglaublich vollgestopfter Raum, das war es, was ich dachte, begriff aber gleich darauf: Zwischen den beiden Fenstern stand der Schreibtisch, ich begriff alles, als ich ihn nur erblickte, und sogleich gab ich es auf, mich dieser fremden Kraft zu widersetzen, die mich an diesen Ort geführt hatte. Ich machte einen Schritt, vielleicht auch zwei, auf den Schreibtisch zu. Beugte mich über ihn, zerrte die untere rechte, bis zum Rand mit Papieren gefüllte Schublade heraus und begann darin zu wühlen. Ich wurde fündig. Es war ein Bündel blauer, mit einem Gummiband zusammengehaltener Briefumschläge, wie ich es erwartet hatte, ich war sogar sicher gewesen ab dem Moment, in dem ich alles begriffen hatte; das Bündel lag ganz unten in der Schublade. Ich nahm es heraus, legte es auf den Schreibtisch und holte ganz tief Luft, vielleicht war es ein Seufzer, vielleicht sogar ein Seufzer der Erleichterung, weil es endlich geschehen war, weil ich es hinter mir hatte, als ich ein Stöhnen hörte, kurz, aber deutlich und ganz nah (es war darin die übermenschliche Anstrengung zu erkennen, das verlöschende Leben aufzuhalten, der Kehle, die den Dienst verweigerte, noch einen Ton zu entlocken), und an diesem Atemzug, den ich bereits in der Lunge festhielt, als wäre er plötzlich angeschwollen und steinhart geworden, verschluckte ich mich, konnte mich nicht davon befreien, das Blut schoss mir in den Kopf, ich dachte, mir platze die Lunge; mein Hals verkrampfte und entkrampfte sich wieder, und dann war das Stöhnen erneut zu hören, etwas schwächer, aber nicht weniger deutlich als zuvor, und die steinharte Luft in meiner Lunge wurde sofort weich; ich schaffte es, in mir den Mut zu finden, mich umzudrehen. Die Ecke, aus der das Stöhnen kam, war die dunkelste Stelle im Raum, aber ich erkannte die Umrisse eines Bettes und einen sich bewegenden menschlichen Körper.

Als ich darauf zuging, vorsichtig um die Möbel herum, durchdrangen meine Augen endlich die Dunkelheit; in dem Bett lag ein Mann, aber er lag nicht unter, sondern auf der Bettdecke, auf einer Überdecke von undefinierbarer Farbe. Sein Gesicht konnte ich noch nicht richtig erkennen, da es verkrampft und der Kopf auf die Brust herabgesunken war, aber ich sah seine Hände, ein Paar blasser, blutverschmierter Hände, mit denen er das, womit ein lebender Mensch angefüllt ist, in den zerfetzten Bauch hineindrückte (bevor ich mich noch über ihn beugen und nachschauen konnte, wusste ich bereits mit absoluter Sicherheit, dass das Schwarze und Glänzende, das seine Hände und sein aus der Hose gerutschtes Hemd befleckte, Blut war), und unwillkürlich berührte ich mit den Fingern seine Stirn, riss sie aber sofort wieder weg, als hätte ich mich daran verbrannt, doch nein, sie war eiskalt; da hob er langsam seinen Kopf, und unsere Blicke trafen sich.

Seine Augen kamen mir schwarz vor, schienen vor Entsetzen und Hass hervorzutreten; ich schrie. Ja, ich schrie wahrscheinlich, obwohl ich nicht weiß, wo in mir ich die Kraft fand für einen solchen Schrei: »Was ist passiert?! Ich hole einen Arzt! Wer sind Sie? Ich rufe die Rettung!«, so schrie ich, aber er ächzte: »Nein, die Polizei.« Er stieß die Worte mit neuerlichem Stöhnen, aber auch mit erstaunlicher Kraft hervor, als fürchte er, nichts mehr herausbringen zu können: »Die Polizei! Um Gottes willen, rufen Sie die Polizei! Dort … das Telefon …«, und als ich mich umdrehte und dabei seinem Blick folgte, bemerkte ich auf dem niedrigen Tischchen hinter dem Bett das schwarze Gehäuse eines Telefons und wollte schon darauf zusteuern, da holte mich seine Stimme ein, eine ersterbende Stimme an der Grenze zum Röcheln: »Die Nummer … Die Nummer 7227.«

Ich griff zum Hörer und wählte, ohne zu überlegen, die Nummer, wartete nicht einmal, bis sich am anderen Ende jemand meldete, sondern schrie, kaum dass ich irgendwo in weiter Ferne, am anderen Ende der Leitung, das Klicken der Gabel und ein Räuspern vernommen hatte, einfach in den Hörer: »Polizei?! Hier ist Wohnung Nummer neun in der Promienista-Straße drei. Ein Mord ist passiert, jemand liegt im Sterben. Ich wiederhole: Promienista-Straße drei, Wohnung neun. Schicken Sie sofort jemanden vorbei!«, und wandte den Kopf, um den im Bett Liegenden nach seinem Namen zu fragen, denn ich wollte dies meiner Meldung hinzufügen, aber auf dem Bett … lag niemand.

Aus dem Hörer, den ich immer noch krampfhaft in der Hand hielt, murmelte eine undeutliche, ferne Stimme. Ich stand reglos und vollkommen steif da. Dann sank meine Hand wie von selbst herab. Aus dem Hörer murmelte es noch eine Weile, und als ich schließlich zu mir kam und ihn vorsichtig, als sei er mit Dynamit geladen, auf die Gabel legte, war der erste Eindruck, den mein Bewusstsein außer einer panischen Angst wahrzunehmen vermochte, dass das Knacken der unterbrochenen Telefonverbindung der einzige Laut in der mich wieder umgebenden Stille war. Nur wenige Sekunden später, als mir bewusst wurde, dass ich keiner Täuschung erlegen sein konnte, dass der blutüberströmte Mann wirklich dort auf dem Bett gelegen und ich gerade noch seine kalte Stirn berührt, seine Stimme gehört hatte, dass nun aber das Bett leer und unberührt war und ich ihn auch im Zimmer nirgendwo sehen konnte – die Tür zum Flur befand sich direkt hinter dem kleinen Tisch mit dem Telefon, ich hatte sie also während meines Telefonats die ganze Zeit im Blick und hatte auch niemanden hinausgehen sehen –, als mir das alles geradezu blitzartig bewusst wurde, da erst hörte ich erneut vom Korridor her den mir bereits bekannten Schrei der alten Frau; vielleicht hatte sie die ganze Zeit geschrien, nur dass mein Gehörsinn schon derart abgestumpft und tot war, dass ich es nicht mitbekommen hatte.

Dann ließ ich mich auf das Bett fallen und berührte mit den Händen die Überdecke, die sauber und trocken war, nicht einmal die geringste Vertiefung aufwies, ich sprang auf, erreichte den Schreibtisch (ich weiß nicht, warum ich das tat, ich wollte vielleicht für mich irgendeinen Beweis haben, dass das überhaupt geschehen war, dass ich nicht nur geträumt hatte, sondern alles sich tatsächlich ereignet hatte), und stürzte, nachdem ich mir das zuvor auf dem Schreibtisch abgelegte Bündel mit den blauen, von einem Gummiband zusammengehaltenen Briefumschlägen geschnappt hatte, zur Tür.

Wie ich an der Frau vorbeilief, die immer noch schreiend im Sessel lag, so wie ich sie zurückgelassen hatte, daran erinnere ich mich nur verschwommen, wie ich mich übrigens auch nur verschwommen erinnere, dass ich wie ein Wahnsinniger durchs Treppenhaus nach unten rannte. Ich weiß nur noch eins: Es war menschenleer, aber erfüllt mit den Geräuschen von etwas, das sich in dem Augenblick gleichsam in der Ferne ereignete oder vielleicht gerade ereignet hatte und eine Art Echo dieses fernen Ereignisses war; das Treppenhaus war erfüllt von Geknister, Gepolter, Schritten, deren Quelle ich nie erraten hätte, es sei denn, ich hätte Verursacher gesehen, Laute, von denen ich später dachte, dass sie so klangen, als sei nicht nur ich allein gelaufen, sondern viele Menschen; dann fand ich mich auf der Straße wieder.

Sie kam mir vollkommen menschenleer und unnatürlich still vor. Ich spürte, dass ich wohl einen Schwächeanfall erleiden und mein Herz, das wie wild hämmerte, mir aus der Brust springen würde, und lehnte mich gegen eine Mauer. Da hörte ich in der Ferne das Brummen von Automotoren, gemischt mit Sirenengeheul, und sofort kam ich wieder etwas zu mir, aber nur für einen Augenblick, gerade lang genug, um mir mit Mühe bewusst zu machen, dass ein Polizeifahrzeug kam; ich überwand meine tödliche Erschöpfung und stürzte in die entgegengesetzte Richtung davon, lief einige Meter an einer Mauer entlang, bis zur nächsten Straßenecke, und rannte in eine Querstraße.

Bestimmt wäre ich noch wer weiß wie lange gelaufen, wenn ich nicht mit friedlich dahinschlendernden Passanten zusammengestoßen wäre und schließlich ein Rufen vernommen hätte, warum ich es denn so eilig habe, ob ich nicht sehe, dass ich den Bus sowieso nicht erreichen würde; da blieb ich stehen, kam wieder zur Besinnung, diesmal ohne größere Schwierigkeiten und endgültig, und bemerkte, dass ich mich in einer Straße befand, die wie immer voller Menschen war; der Bus war kurz zuvor von der Haltestelle losgefahren, beschleunigte und kam in Fahrt. Da ich bereits stehen geblieben war, achtete niemand mehr auf mich. Ich war ein Passant wie jeder andere, nur während die anderen sich fortbewegten, stand ich mitten auf dem Bürgersteig, mit leicht gespreizten Beinen, noch etwas schwankend und innerlich zitternd vom schnellen Laufen. Erst nach einer Weile merkte ich, dass ich immer noch die Briefumschläge in der Hand hielt; unwillkürlich steckte ich sie in die Manteltasche.

Und hier tut sich, offen gestanden, eine ziemliche Gedächtnislücke bei mir auf, denn ich habe keine Ahnung, wie ich nach Hause gekommen bin. Ich muss wohl vollkommen benebelt zu Fuß gegangen sein und auch recht lange, da es, als ich endlich am Ziel eintraf, schon weit nach Einbruch der Dunkelheit war; die Straßenlaternen beleuchteten die Fassade, und neben dem Eingangstor glomm ein schwaches Licht im Hausnummernschild. Ich muss beim Gehen so benebelt gewesen sein, dass nicht einmal flüchtige Überlegungen darüber, was vor Kurzem passiert war, in mein Bewusstsein drangen; als ich dann schließlich vor meinem Wohnhaus stand, tauchte die angeleuchtete Fassade für mich so plötzlich aus dem Dunkel auf, als wäre ich gerade erst erwacht – eben, das möchte ich betonen: Sie tauchte auf, als wäre ich aus sehr tiefem Schlaf erwacht, da die frühere Dunkelheit schließlich keine richtige Dunkelheit gewesen sein konnte, denn ich war durch beleuchtete Straßen gegangen, und zumindest der letzte Teil meines Weges hatte mich durch gut beleuchtete Straßen geführt; während es dort, in der Promienista-Straße, noch ziemlich heller Nachmittag gewesen war, traf ich vor meinem Wohnhaus erst am Abend ein, das heißt, höchstwahrscheinlich waren etwa ein oder zwei Stunden früher die Straßenlaternen eingeschaltet und die Stadt erleuchtet worden, das war mir zuvor jedoch überhaupt nicht aufgefallen, erst als ich vor dem Haus stand, in dem ich wohne; und mit dem Gedanken, dass ich am Ziel sei, gewann ich mein Wahrnehmungsvermögen wieder und stellte fest, dass es Abend geworden war, dass die Lichter brannten und dass ich länger unterwegs gewesen sein musste als sonst, wenn ich nur einen Spaziergang machte, obwohl ich doch kein einziges Mal stehen geblieben war.

Das hallende, echoartig wiederkehrende Gepolter meiner eigenen Schritte im gewundenen Treppenhaus erinnerte mich sofort stark an den dröhnenden Nachhall, der mich begleitet hatte, als ich die Treppe in der Promienista-Straße hochstieg, aber ich war viel zu erschöpft, um darüber nachzudenken, ob das eine Bedeutung haben könnte (jetzt denke ich, dass bestimmt alles eine verborgene Bedeutung hat), im Übrigen hatte ich bereits den Treppenabsatz zwischen dem zweiten und dritten Stock erreicht und sah im Halbschatten neben der Fensternische eine Frauengestalt. Sie stand da, gegen die Wand gelehnt, oder vielleicht hatte sie sich erst in dem Augenblick gegen die Wand gelehnt, als ich näher kam; sie tat dies mit einer Bewegung, mit der man sich gewöhnlich abwendet, um so wenig wie möglich dem nach oben Gehenden aufzufallen, aber das ist nebensächlich.

Ich wäre bestimmt an ihr vorbeigegangen, ohne mir darüber im Klaren zu sein, wer sie war, aber noch bevor ich vorbeigehen konnte, hörte ich: »Ich bin wegen der Unterlagen gekommen, Roman«, und gleich darauf: »Du hast dich verspätet. Hast etwas zu lange auf dich warten lassen«, drei, genauer, zwei Sätze – denn es war zwischen ihnen nur eine kurze Pause – im gleichen Tonfall, ohne emotionale Anstrengung, wie von einer Maschine gesprochen, die aus einem Vorrat von Wörtern auf einem Tonband die nötigen Sätze formuliert, und ich weiß, weiß mit Sicherheit, dass ich – obwohl mich das jetzt sehr wundert –, nicht einmal zusammenzuckte, nicht erschrak, vielleicht, weil ich auf das Treffen vorbereitet war; vielleicht hatte ich im Unterbewusstsein schon gespürt, dass sie kommen würde; da sie ja am Tag zuvor angekündigt hatte, die Unterlagen abzuholen (und ich sie besorgt und bei mir hatte, was sie vermutlich wusste), stand es fest, dass sie kommen würde. Nur damit kann ich es erklären, dass ich nicht überrascht war und auch überhaupt keine Angst empfand. Sofort griff ich in meine Manteltasche, holte das Bündel blauer, in der Mitte mit einem Gummiband zusammengehaltener Briefumschläge heraus und gab es der Frau, ohne ein Wort zu sagen; nun bedauere ich es, obwohl es aus meinem Zustand heraus verständlich ist, aber ich bedauere es sehr, da ich den einzigen günstigen Augenblick verpasst habe, eine Erklärung für das Ganze zu finden, doch ich war zu erschöpft, ich weiß nicht einmal, ob sie noch irgendetwas gesagt hat, ich kann mich nicht erinnern, wahrscheinlich hat sie nichts gesagt, ich kann mich auch nicht erinnern, ob sie sofort gegangen ist, wahrscheinlich schon, denn was hätte sie in diesem leeren und ziemlich dunklen Treppenhaus auch tun sollen? Ich weiß nicht einmal, wie ich mich in meine Wohnung geschleppt habe; irgendwie muss ich dort angekommen sein. Mein letzter Gedanke war: schlafen, schlafen, schlafen, wenigstens einen Augenblick Schlaf, sich befreien von der bleiernen Schwere in den

Muskeln und im Kopf; danach würde ich aufstehen, die Schuhe ausziehen, mich entkleiden, aber zuvor wenigstens einen Augenblick Schlaf, das würde mir guttun; ich wusste nur, dass an Schlaf nicht zu denken war, bevor ich nicht etwas getrunken hätte, bevor ich nicht ordentlich etwas getrunken hätte; mit zitternden Händen begann ich, meinen Flaschenfriedhof hinter dem Schrank zu durchsuchen, eine ganze Batterie von Fläschchen und Flaschen, in denen einmal Arznei, Wein, Wodka, Tinte, Flüssigbohnerwachs und verschiedene andere interessante Flüssigkeiten gewesen waren, die ich im Laufe der Jahre gebraucht hatte; ich fand ein wenig reinen Spiritus, eine halbe Flasche Danziger Goldwasser und noch etwas anderes. Ich trank in langen Zügen direkt aus der Flasche, hörte, wie meine Zähne gegen das Glas schlugen – heiße Asche im Gehirn, brennende Röte unter den Augenlidern, und dann war da noch das Gefühl zu fallen.

Alles befand sich plötzlich gleichsam außerhalb von mir, hinter mir, mit nichts und niemandem vergleichbar, die Grenze menschlicher Erfahrung überschreitend. In dieser umgekehrten Drehung verringerte sich schlagartig das Gewicht des ganzen Körpers, die folgenden Bewegungen liefen blitzschnell ab, alles schien aus mir heraus- und herunterzufallen, wurde mir entrissen, aus mir herausgerissen: Mantel, Notizheft, Schlüssel, Streichhölzer, Kleingeld, Brieftasche, Papiere, Straßenbahnfahrscheine, Personalausweis (war das überhaupt mein Personalausweis? War ich eigentlich dieser Mensch? Wer war ich denn?), dann drehte sich alles noch eine Weile zusammen mit mir, kreiste, fiel, riss sich wieder hoch, mir wurde übel, als wäre ich seekrank, und immer leerer und leichter flüsterte ich, vielleicht schrie ich es aber auch laut heraus: schlafen, schlafen, schlafen; und ich schlief sofort ein, kaum war ich aufs Bett gefallen, ohne das Licht zu löschen.

Als ich erwachte, bemerkte ich als Erstes, dass die Deckenlampe unnötigerweise brannte; durch die Fenster ergoss sich das Licht einer kalten, merkwürdig totenbleichen Herbstsonne, es war Tag, und durch den Raum hallte das aufdringliche Schrillen des Telefons. Als ich mich erhob und die Füße auf den Boden stellte, versetzte mich der Anblick meiner Schuhe an ihnen für einen Moment in Erstaunen; dann aber fiel mir alles wieder ein. Ich spürte sofort die gleiche verhängnisvolle Welle irrationaler Angst wie am Tag zuvor und eine innere Leere, als wäre etwas völlig Unnötiges geschehen, das ich nicht mehr hatte steuern können und dessen Folgen ich nun tragen musste. Ich schleppte mich zu dem ununterbrochen läutenden Apparat, nahm den Hörer ab und hörte die Stimme meines Bürokollegen, der sich erkundigte, ob es mir besser ginge, denn obwohl ich gestern erbärmlich ausgesehen hätte, wie das Leiden Christi, sei es doch hoffentlich nichts Schlimmes und ich nicht ernsthaft krank; bereitwillig griff ich seine Erklärung für mein Verhalten auf und erwiderte, dass es mir zwar nicht ganz so schlecht gehe, ich mir wahrscheinlich nur eine Grippe eingefangen hätte und übermüdet sei, sodass ich wohl zwei oder drei Tage das Bett hüten müsse, worauf er meinte, natürlich, ich solle mindestens bis zum Ende der Woche im Bett bleiben und mir keine Gedanken machen, sie kämen in der Bibliothek schon ohne mich zurecht, wenn ich allerdings etwas bräuchte, solle ich anrufen, und er wünschte mir baldige Genesung; ich war erleichtert, als ich den Hörer auflegte – eine Sache hatte ich mir vom Hals geschafft, und so leicht war es gegangen.

Als ich mich wieder zum Bett geschleppt hatte, lag ich lange nur da und stierte gedankenlos und stumpfsinnig an die Decke. Nachdem mich das Telefon aus dem Schlaf gerissen hatte, konnte ich nicht wieder einschlafen, es war ein halbschlafähnlicher Zustand, eine Art langsames Auftauchen aus einem nächtlichen Albtraum, jenem Albtraum voller unwahrscheinlicher Ereignisse, später aber begann ich mir mit zunehmender Nüchternheit allmählich darüber klar zu werden, dass ich in der Nacht überhaupt nichts geträumt hatte, im Gegenteil, das, was ich eben noch für Traumphantasien gehalten hatte, war mir einen Tag zuvor tatsächlich widerfahren. Der heutige Tag war aber schon zu hell und das Zimmer sonnendurchflutet! Ich empfand also keine Angst, als ich mich an alles erinnerte –

nicht einmal Unruhe, ich weiß nicht, weshalb, vielleicht wegen der Helligkeit und der Sonne? Und bestimmt wäre ich noch eine Zeit lang liegen geblieben und dann vollkommen beruhigt aufgestanden, hätte sich nicht plötzlich der verhängnisvolle Gedanke breitgemacht, ich könnte einer perfiden, hervorragend vorbereiteten Provokation zum Opfer gefallen sein. Diese Vermutung war so offensichtlich und logisch, dass ich ihr nichts entgegensetzen konnte. Jemand hatte mich benutzt, meine Vergangenheit während der Okkupation und meine heutige unglaubliche Naivität ausgenutzt, überhaupt sich meiner derzeit wenig bedeutsamen, unauffälligen Person bedient, um mit weiß der Teufel wem abzurechnen, um Briefe oder Unterlagen zu entwenden (was war ich doch für ein Narr! sie in der Hand zu halten und nicht zu überprüfen, um was es sich eigentlich handelte!), im Übrigen ganz gleich, wie man es nennen sollte, es war jedenfalls bestimmt eine kriminelle Angelegenheit, und ich rief laut: »In was habe ich mich da nur hineinziehen lassen!«, und fuhr aus dem Bett auf; ich war schweißgebadet, meine Hände zitterten.

Ich fühlte mich tatsächlich krank, innerlich wie zerschlagen und ohnmächtig angesichts der Unmöglichkeit, einen Ausweg aus dieser Situation zu finden. Was tun? Auf die nächste Polizeiwache gehen und alles melden? Aber wer würde mir glauben? Wer würde mir glauben, dass ich nicht selbst die Finger bei dem Ganzen im Spiel hatte, sondern nur ein willenloses Werkzeug war? Wessen Werkzeug im Übrigen? Hätte ich denn jemanden benennen können? Niemanden. Jene Frau, der ich zwei Mal im Treppenhaus begegnet war? Aber außer ihrer Ähnlichkeit mit Małgorzata würde ich doch nichts über sie sagen können. Man würde mich also fragen, wer mich in die Promienista-Straße geschickt hatte. Sie? Genauso gut konnte sie selbst meiner Phantasie entsprungen sein. Unsinn! Der maschinengeschriebene Brief mit der Unterschrift *Walter*? Aber so etwas konnte sich doch nur ein Verrückter ausgedacht haben. Wahrscheinlich würde man mich in die Psychiatrie einliefern. Wie konnte ich beweisen, dass ich ihn nicht selbst geschrieben hatte? Und weshalb war ich dorthin gegangen? Dorthin, in die Promienista-Straße. Wenn ich dorthin gegangen war, musste ich ein Ziel gehabt haben. Es wäre schon schwierig gewesen, mir selbst diese Frage zu beantworten, und erst recht der Polizei! Aber ich war dort gewesen, ja, ich war dort gewesen. Hatte ich das Päckchen mit den Unterlagen mitgenommen? Ja. Hatte ich neben einem verletzten, wahrscheinlich sogar sterbenden Menschen gestanden? Ja. Das war keine Einbildung gewesen. Mit was für einem Alibi hätte ich beweisen können, dass nicht ich ihn umgebracht hatte? Die Zeugenaussage der alten Frau, die ich in der Diele so brutal von mir gestoßen hatte, würde nur gegen mich sprechen. Oh Gott, was tun? Die Polizei als Rettungsmöglichkeit entfiel somit.

Ich wusch mich und zog mich dann ganz langsam an, als gehörten meine Hände nicht zu mir, nur mein Gehirn arbeitete blitzschnell; ich bestürmte mich selbst mit immer neuen Fragen, auf die mir, genau wie auf die vorherigen, eine Antwort fehlte. Beim Frühstück blieb mir das Brot wie ein Stück Holz im Halse stecken – ich war zu sehr mit meiner Ratlosigkeit beschäftigt, um etwas essen zu können. Da ich nun die Möglichkeit zugelassen hatte, dass alles, was mir passiert war, nur eine hervorragend durchdachte, inszenierte Kriminalgeschichte sein könnte, in die ich mich hatte verwickeln lassen, bestärkte mich jede Stunde meiner einsamen Verzweiflung mehr in dieser Überzeugung. Ich weiß nicht, wie lange es dauerte, mein verzweifeltes Ringen mit den Fallen, die ich in jeder sich darbietenden Lösung sah; ich unternahm nichts – mein Willenszentrum war wie gelähmt. So verging der ganze Vormittag, bis ich mich auf einmal zu fragen, ja sogar zu wundern begann, dass ich immer noch frei in meiner Wohnung herumsaß, keine Geheimagenten auf dem Hals hatte und auch noch nicht hinter Gittern war. Entsprechend der Vorgehensweise unserer Polizei, die sofort zur Sache kommt, einen Delinquenten festnimmt und ihn verhört, hätte ich eigentlich schon seit Stunden Probleme mit der Ermittlungsbehörde haben müssen. Alles, was gestern geschehen war, ereignete sich zwischen 15.30 Uhr, genauer: zwischen 15.35 Uhr (ich erinnere mich gut, denn ich schaute auf die Uhr, als ich durch das Haustor mit der Nummer drei in der Promienista-Straße trat; nur in Walters Brief war 15.30 Uhr festgesetzt worden) und 15.45 Uhr, na, sagen wir 15.50 Uhr, ich rechne noch ein paar Minuten hinzu, denn länger als eine Viertelstunde war ich nicht oben; als ich jedoch aus der Wohnung flüchtete, hörte ich deutlich die Polizeisirenen auf der Straße, den ganzen restlichen Nachmittag, den Abend und sogar die Nacht hindurch hatte die Polizei also Zeit für ihre Nachforschungen gehabt. In einem so langen Zeitraum hätte man nicht nur einen, sondern zehn solcher Narren wie mich aufspüren und verhaften können, das war sonnenklar! Wenn ich also jemandem einzig als Sündenbock dienen sollte, dem man später die Schuld für das Verbrechen in die Schuhe schieben konnte, dann hätte schon längst ein Beamter der Ermittlungsbehörde an meiner Wohnungstür geklingelt haben müssen. Diese offensichtliche Feststellung stimmte mich nachdenklich und brachte mich etwas zur Besinnung. Hatte denn dieser Jemand, der sich meiner bediente, mir noch eine andere Aufgabe in der ganzen Geschichte zugedacht, als ich vermutete?

Plötzlich hatte ich genug von dem Ganzen. Fruchtlose Überlegungen, Angst, Nervosität; ich spürte, dass ich das nicht länger aushielt, ich musste es so schnell wie möglich abschütteln; ich beschloss, mir selbst ein Bild davon zu machen, womit und mit wem ich es zu tun hatte; man muss den Stier bei den Hörnern packen!, dachte ich und zog mich an, mit dem festen Entschluss, mich der Geschichte, die mir passiert war, zu stellen. Ich verließ das Haus.

Auf der Straße fühlte ich mich viel wohler. Ein schneidender Wind blies in den Zweigen der Bäume, zwickte in die Wangen. Die Erde auf den Parkwegen war an der Oberfläche leicht gefroren; in der Nacht hatte es wahrscheinlich geregnet, offensichtlich war danach die Temperatur gesunken, und obwohl der Himmel über mir fast wolkenlos und sonnig war, hatte die Luft schon einen trockenen, kalten und windigen Herbstgeschmack. Nachdem ich durch den Park gegangen war, fühlte ich mich entspannter, fast schon ruhig, und als ich zu dem Platz kam, wo die Straßenbahnen und Busse abfahren, begann ich mir bereits ganz kühl meine nächsten Schritte zu überlegen. Dass ich zur Promienista-Straße fahren musste, schien mir nun mehr als einleuchtend, im Übrigen saß ich kurz darauf bereits in der Straßenbahn, die genau in diese Richtung fuhr, das heißt, die Entscheidung war eigentlich unbewusst gefallen, bevor ich mir noch über meinen Entschluss klar werden konnte; was ich dann dort machen würde, war jetzt schwer zu entscheiden, da ich nicht einmal eine ungefähre Vorstellung von dem hatte, was mich an Ort und Stelle erwartete. Eines war sicher: Außer der alten Frau in der Wohnung Nummer neun im dritten Stock hatte mich keiner der Hausbewohner gesehen; ich erinnerte mich, dass ich weder beim Eingang noch im Treppenhaus jemandem begegnet war, ich konnte daher nun relativ gefahrlos einen der Bewohner ansprechen und versuchen, ihn zu dem gestrigen Vorfall zu befragen. Ein Vorwand fand sich, denn die Situation legte ihn nahe; es bestand kein Zweifel, dass es so am geschicktesten war, zumindest für den Anfang – solcherart waren, vereinfacht gesagt, meine Überlegungen, und als ich an der Haltestelle ausstieg, ging ich sofort sicheren und schnellen Schrittes in Richtung Promienista-Straße.

Doch gleich zu Beginn stieß ich auf ein Detail, das mich stutzig machte (wenn auch nicht allzu sehr, denn erst später begriff ich, was für eine Bedeutung es hatte, eine geradezu grundlegende Bedeutung), zuerst machte es mich nur stutzig, mehr nicht – ich betone dies mit Nachdruck –, es erstaunte mich nicht, sondern machte mich nur etwas stutzig, denn aufgrund der Erfahrungen vom Vortag hatte ich auf der Straße etwas anderes erwartet, einen anderen Anblick, eine andere Atmosphäre, doch nichts davon: Gestern war es ringsum still und menschenleer gewesen, man hatte den Eindruck, sich am Stadtrand zu befinden, was mich kein bisschen verwundert hatte, nicht verwundern konnte, denn ruhige Straßen gibt es in jedem Stadtteil. Heute war es jedoch vollkommen anders: Es herrschte Betrieb wie auf einer Hauptverkehrsstraße, mehr noch, ich bemerkte, dass auch Trolleybusse fuhren, was mir zuvor nicht aufgefallen war, als sei ich blind gewesen; ich hätte schwören können, nicht einmal Oberleitungen gesehen zu haben, und nun schossen neben mir nicht nur Trolleybusse vorbei, sondern auch zahlreiche Autos, und die Bürgersteige zu beiden Seiten waren voller Menschen. Wie man es auch immer betrachtete, so eine plötzliche Veränderung musste ein gewisses Erstaunen in mir hervorrufen, aber ich gebe zu, dass ich weder Lust noch Zeit hatte, mir darüber Gedanken zu machen, erst später, bedeutend später – aber eilen wir nicht zu weit voraus in der Geschichte.

Dann stand ich bereits vor dem Haus mit der Nummer drei, und aus dem Eingang kam ein Mann mittleren Alters mit einem Besen in der Hand gleichsam auf mich zu (ich nahm an, es sei der Hausmeister), und ich ging, ohne mir einen Vorwand zurechtzulegen, sogleich zu ihm hin und fragte ihn geradeheraus, was für ein Unfall gestern hier passiert sei, worauf er sich auf den Besenstiel stützte und zurückfragte: »Was? Ein Unfall? Wo?«, und mich mit unverhohlener Neugier anschaute: »Davon hab ich nichts gehört. Was Sie nicht sagen, ein Unfall!« Daraufhin meinte ich, dass ich gerade das gern erfahren hätte, ob er also nichts wisse, und machte schon Anstalten wegzugehen, verdrossen wegen seiner Ahnungslosigkeit, da versperrte mir der Mann, der mich ganz offensichtlich in ein Gespräch verwickeln wollte, den Weg zum Tor und bemerkte hastig: »Nein, mir hat zwar niemand etwas gesagt, aber möglich ist es schon. Bei diesem Verkehr und dieser Hektik heutzutage! Eh man sich's versieht, hat's schon gekracht auf der Straße. Ich hatte gestern Zahnschmerzen und bin nicht aus dem Haus gegangen, deshalb hat mir niemand was gesagt. Aber es vergeht kein Tag, an dem nichts passiert. Am schlimmsten ist es mit den Kindern. Man kann gar nicht genug aufpassen. Schon rennt eins raus …« Um seinen Redefluss einzudämmen, warf ich schnell ein, dass es mir nicht um einen Unfall auf der Straße, sondern hier im Haus gehe, vermutlich in der Wohnung Nummer neun, und er fragte zurück: »Hier im Haus?! Was Sie nicht sagen! In der Wohnung Nummer neun? Das ist bei den Jagielskis. Eine Großmutter mit ihrer Enkeltochter und zwei Tanten, ältere, unverheiratete Frauen! Was Sie nicht sagen! So eine ruhige Familie! Wohl hoffentlich nichts Ernstes, Herr Polizist?«, wobei er mich mit listiger, argwöhnisch-schmeichlerischer Miene anschaute, die solche Leute immer dann aufsetzen, wenn ihnen jemand irgendwie nach Amtsperson riecht; er hielt mich offensichtlich für einen Geheimdienstler, weswegen ich mir bereits sicher war, dass ich nichts mehr aus ihm herausbekommen würde; ohne seinen Irrtum zu korrigieren, der mich amüsierte, sagte ich, dass ich es selbst gern wüsste, aber nein, es sei wohl nichts Ernstes – denn ich hatte, ehrlich gesagt, absolut keine Ahnung, was ich von all dem halten sollte –, und betrat, nachdem ich endlich an ihm vorbei war, den Hauseingang, mit dem Gedanken, dass diese ganze Sache, wie auch immer sie gewesen sein mochte, ob jemand umgebracht oder auch nur verletzt worden war, schließlich nicht der Aufmerksamkeit des Hausmeisters entgangen sein konnte, selbst wenn höllische Zahnschmerzen ihn geplagt und er seine Wohnung nicht nur einen Tag, sondern eine ganze Woche lang nicht verlassen hätte. Ich hatte doch, als ich weglief, ganz deutlich das Heulen der Polizeisirenen gehört, und wenn ein Polizeiwagen auftaucht, lockt er gewöhnlich fast alle Menschen aus ihren Wohnungen und ist mindestens bis zum nächsten Sonntag in aller Munde – sollte ich mich also im Haus geirrt haben? Nein, das ist unmöglich, dachte ich, es war das einzige Wohnhaus aus der Vorkriegszeit in dieser Straße, im Übrigen erkannte ich das Treppenhaus wieder, es war dasselbe.

Und da stand ich auch bereits vor der Tür der Wohnung Nummer neun, lehnte mich gegen die Wand und wartete, bis sich mein keuchender Atem und mein Herz, das durch das Hinaufsteigen in den dritten Stock heftig klopfte, wieder beruhigt hatten, dabei beschäftigte mich immer noch die unverständliche Ahnungslosigkeit des Hausmeisters, und ich zog sogar schon die Möglichkeit in Erwägung, dass das, was sich am Vortag in der Wohnung, vor der ich nun stand, ereignet hatte, von den Mietern vertuscht worden war, wäre da nicht das hartnäckige Vertrauen in das eigene Gedächtnis gewesen, das mir unentwegt das Geräusch der Polizeisirenen in Erinnerung rief; eine solche Vertuschung hätte ihnen nichts gebracht, denn die Sirenen mussten in der ganzen Straße zu hören gewesen sein. Und da, genau in dem Moment, als ich bereits meine Hand nach der Klingel ausstrecken wollte, fiel wohl mein Blick auf die Stelle, wo gestern ein Messingschild mit sorgfältig eingraviertem Vor- und Nachnamen angebracht gewesen war.

Ich erinnerte mich gut daran, denn, ich wiederhole es, ich vertraute immer noch meinem Gedächtnis; ich erinnerte mich also, dass auf dem Messingschild »Albert Lempke« gestanden hatte; jetzt aber war die Stelle leer, zu sehen waren nur die mit der Zeit verblassten Umrisse an der Wand, die einst die scharfen Metallkanten zurückgelassen hatten, und zwei kleine Schraublöcher, sonst nichts, hingegen verriet eine Visitenkarte aus vergilbtem grobem Papier, die neben der Tür unter die Klingel an den Türrahmen geklebt war, dass die Mieter der Wohnung Jagielski hießen; ein paar Mal wiederholte ich den Namen leise und etwas unentschlossen, drückte aber den Klingelknopf, ohne zu zögern, kräftig und rasch, in einer Art Panik, bevor ich anfangen konnte, mir Gedanken über die

Bedeutung meiner neuesten Entdeckung zu machen; der durchdringende, irritierende, rasselnde Laut, den ich von meinem ersten Besuch her kannte, ertönte, danach trat Stille ein.

Erst nach einer ganzen Weile waren Schritte zu hören. Es waren andere Schritte als am Tag zuvor – leichtere, kleinere Schritte näherten sich energischer der Tür, und schließlich knirschte der Schlüssel im Schloss. Vor mir stand ein junges, höchstens neunzehn- bis zwanzigjähriges Mädchen in aschgrauem Plisseerock und dunkelgrünem Pulli, ihr Haar war ziemlich kurz geschnitten, fast knabenhaft; das alles hielt ich mit dem ersten Blick in mir fest wie auf einer Filmrolle. Sie sah mich fragend und ermunternd zugleich an. Ich muss wohl ein recht dümmliches Gesicht gemacht haben, und sie dachte bestimmt, dass ich mich geirrt hätte oder jemanden suchte, ohne selbst so recht zu wissen, wo diese Person wohnte, und vielleicht war sie sogar bereit, mir irgendwie entgegenzukommen; ein erstaunliches Mädchen!, schoss es mir durch den Kopf, warum, weiß ich nicht.

Ich habe keine Ahnung, wie lange ich so stehen geblieben wäre, hätte ich nicht unten im Treppenhaus Schritte und die kräftige Stimme des Hausmeisters vernommen, den ich am Eingang zurückgelassen hatte und der, wie ich hören konnte, auf dem Weg nach oben war; ich war mir sicher, dass er bei uns stehen geblieben wäre und sich die Gelegenheit nicht hätte entgehen lassen, sich in unser Gespräch einzumischen, und deshalb sagte ich rasch: »Ich bin wegen des Unfalls gekommen, der sich hier ereignet hat«, das liebe und offene Gesicht des Mädchens wurde gleichsam breiter – vielleicht war es Verlegenheit –, dieses halbe Lächeln, mit dem sie in der Tür gestanden hatte, war jedenfalls verschwunden; damit sie mir also nicht die Tür vor der Nase zuschlug, fügte ich rasch hinzu: »Hier hat sich anscheinend ein Überfall ereignet, wenn ich richtig informiert bin«, und sie darauf: »Ein Überfall?«, und ich wieder: »Na ja, etwas in der Art. Vielleicht ein versuchter Überfall oder auch Einbruch«, und das Mädchen: »Keine Ahnung! Sind Sie von der Polizei?«, »Nein, nicht von der Polizei. Ich sammle nur Informationen«, diesmal war ich ein bisschen verlegen, aber sie sagte verständnisvoll: »Ach, dann sind Sie von der Presse?«, und weiter, ohne mein Ja oder Nein abzuwarten: »Ich habe keine Ahnung. Ein Einbruchsversuch? Und ausgerechnet hier? Bei uns?« Ich hingegen verlor dann wohl vollkommen meine anfängliche Sicherheit (welch erzwungene Sicherheit im Übrigen! Aber immerhin – Sicherheit); ich war so aufgeregt und fühlte mich schon, als wäre ich selbst ein Einbrecher: »Na, hier. In diesem Haus. Sogar in dieser Wohnung, Nummer neun. Zumindest habe ich entsprechende Informationen«, bekräftigte ich, und obwohl ich mit Sicherheit wusste, dass ich mich im nächsten Augenblick vollends verstricken würde und dann unverrichteter Dinge wieder abziehen müsste, riskierte ich es und sagte geradeheraus: »Eine ältere Frau hat die Tür aufgemacht, und jemand hat sich Zugang zu Ihrer Wohnung verschafft. Wissen Sie nichts davon?« In den Augen des Mädchens lag immer noch dieser Ausdruck unangenehmer Überraschung, aber sie war schon fast bereit, mir zuzustimmen, vor meiner Überzeugung zu kapitulieren, trat einen Schritt zurück und sagte: »Bitte, kommen Sie herein. Es geht wohl um meine Großmutter«, und als ich hinter ihr den Korridor betrat (natürlich war es derselbe, ich hatte nicht den geringsten Zweifel), fügte sie nervös hinzu: »Ich war zwei Wochen nicht da. Mein Gott, und meine Großmutter hat mir, als ich heute Früh zurückkam, nichts davon erzählt. Gar nichts! Bitte, gehen Sie doch weiter, gleich werden wir es erfahren. Wissen Sie, hier wohnen nur ältere Frauen, und die sind so unvorsichtig, wenn sie die Tür öffnen. Bitte legen Sie doch ab«, ich zog den Mantel aus, hängte ihn an den Kleiderhaken, alles ein wenig wie im Traum, spürte meine langsamen Bewegungen und meine Willenlosigkeit, die Unfähigkeit meines Körpers, schneller zu reagieren, wobei ich aber rasch überlegte, wie ich reagieren sollte, wenn ich von Angesicht zu Angesicht der Frau vom Vortag gegenüberstehen würde, der Frau, die ich so brutal von mir gestoßen hatte, als ich in ihre Wohnung eingedrungen war, und deren entsetzlichen Schrei ich immer noch im Ohr hatte; ach, er hallt noch bis heute in meinem Schädel, ich kann mich in keiner Weise von ihm befreien, weiß jetzt aber zumindest, dass – falls man allen Berichten der Leute, denen ich im Laufe dieser wenigen Tage begegnet bin, Glauben schenken darf – überhaupt niemand geschrien hat, ja, man kann es eigentlich nur so ausdrücken: Es hat niemand geschrien, nur wusste ich das in dem Moment noch nicht. Das Mädchen öffnete unterdessen die erste Zimmertür und ließ mir den Vortritt.

Die Beine in eine karierte Decke gehüllt, den Kopf über ein Buch gebeugt, saß in einem Rollstuhl eine grauhaarige, korpulente, etwa achtzigjährige Frau, jünger bestimmt nicht, glaube ich. Sie wandte mir das Gesicht zu, als ich in der Tür stand, wobei sie mich mit einem erwartungsvollen Blick aus ihren grauen Augen, die denen des Mädchens ähnelten, begrüßte. Auch hatten ihre Augen den gleichen freundlichen Glanz wie die des Mädchens. Nein, das war nicht die Frau vom Vortag, sondern eine ganz andere. Ich hatte sie noch nie im Leben gesehen. Bestimmt noch nie! Jesus Maria, was hatte das alles zu bedeuten? Ich erschauderte in einer ersten Vorahnung, ja, ohne Zweifel, in der ersten Vorahnung eines unbestimmten nahenden Unheils.

Vielleicht habe ich so etwas wie »Guten Tag« gemurmelt, ich weiß es nicht, ich war zu überrascht; das Mädchen, das von nichts wusste, die alte Frau eine andere als gestern – ich musste ihnen erklären, weshalb ich gekommen war, etwas sagen, ganz gleich im Übrigen, was, sonst hätten mich die beiden für verrückt gehalten oder weiß der Teufel was gedacht. Gar keine Frage, dass ich mich verdächtig und merkwürdig verhielt; es scheint aber, dass das, was ich zuvor der jungen Frau gesagt hatte, ihr Wahrnehmungsvermögen beeinträchtigt, sie aufgewühlt und nervös gemacht hatte, denn bevor ich noch etwas sagen konnte, ergriff sie selbst das Wort und ersparte mir dadurch die Vorgeschichte, vor der ich mich so gefürchtet hatte; sie nannte konkret die Absicht meines Besuches und schob mir auch ganz zufällig die Rolle zu, die ich während der nächsten Tage überall wohl ziemlich geschickt spielte – ich hatte sie als die in meiner Situation bequemste übernommen –, sie sagte nämlich zu ihrer Großmutter, dass ich Journalist sei und Informationen über einen Einbruch sammle, der anscheinend in ihrer Wohnung stattgefunden habe (sie wiederholte alles, was ich ihr zuvor gesagt hatte), und während sie die alte Frau aufmerksam und forschend ansah, so, als zweifelte sie schon von vornherein, fragte sie, ob während ihrer Abwesenheit wirklich etwas Derartiges passiert sei, und die alte Frau verneinte, anfangs etwas verwirrt, ein Einbruch, was denn für ein Einbruch?, sie wisse von nichts, und lächelte fast entschuldigend, sodass sie mir leidtat und ich mich zu der Erklärung veranlasst sah, es habe sich vielleicht nur um einen

Einbruchsversuch gehandelt, mehr nicht, ich wisse es selbst nicht so genau und wolle eigentlich gerade feststellen, was es gewesen sei, worauf sie hilflos blinzelte und nun wirklich verwundert ausrief: »Ich habe überhaupt keine Ahnung, was Sie meinen! Bitte glauben Sie mir.«

Da war mir klar, dass sie nichts verheimlichen konnte (ihr Blick war zu offen und ehrlich), und so begann ich, nun meinerseits verlegen und unsicher, zu erklären, dass vielleicht wirklich ein Irrtum vorliege, dass es vielleicht nicht in dieser Wohnung gewesen sei, da aber das junge Mädchen sich einschaltete und sagte, dass ich mir meiner Sache doch sicher gewesen sei, hielt ich es schließlich nicht mehr aus, ja, ich hielt die Anspannung in dieser idiotischen Situation nicht mehr aus und log, dass ich nicht mehr wisse als das, was ich bereits gesagt hatte, dass man mir in der Redaktion aufgetragen habe, lediglich Informationen über die Ereignisse in der Wohnung Nummer neun an der Promienista-Straße drei zu sammeln, mehr sei mir nicht erklärt worden, denn ich hatte bereits beschlossen, die Rolle, die mir das junge Mädchen zugeschanzt hatte, konsequent weiterzuspielen. »Vielleicht war es ja nicht hier«, sagte ich zu den beiden Frauen, »obwohl man mir gesagt hat, es sei hier in der Wohnung eines gewissen Albert Lempke passiert«, worauf die alte Frau mit einem erleichterten Lachen ausrief: »Moment mal, Moment mal! Was für ein Missverständnis! Natürlich, das stimmt alles, nur dass Sie nicht gesagt haben, wann …«, worauf ich zugab, wohl kein Datum erwähnt zu haben, aber dass es anscheinend der 23. Oktober gewesen sei … Und sie: »Aber natürlich, der 23. Oktober. Allerdings nicht gestern! Nicht gestern, natürlich.« Ihr Lachen klang weiterhin etwas nervös, aber es lag unüberhörbar eine große Erleichterung darin, und als sie zu sprechen begann, beruhigte sich auch ihre Stimme allmählich und klang schließlich sachlich und fast gleichgültig. Sie sagte, dass das alles stimme, dass das, was mich zu ihnen geführt habe, natürlich am 23. Oktober passiert sei, aber im Jahr 1943, das sei ein wesentlicher Unterschied, und ich solle mich nicht wundern, dass sie beide über meine Fragen so erstaunt gewesen waren; ihre Enkeltochter erinnere sich überhaupt nicht an diese Geschichte, denn sie sei damals erst wenige Wochen alt gewesen, sie selbst hingegen, das müsse ich verstehen, scheine es doch vergessen zu haben, nach so langer Zeit, es sei schwierig gewesen, das einzuordnen, was ich gesagt hatte. »Wussten Sie es wirklich nicht?«, und ich versuchte, das Trockene, Heiße und Steinharte hinunterzuschlucken, das mich bei ihrem ersten Ausruf sofort im Hals würgte, brannte und die Kehle blähte, bis sie schmerzte, sodass ich nur mit Müh und Not, mit ungeheurer Anstrengung verstand, was sie, immer noch über meinen Irrtum und meine Verlegenheit lachend, sagte, und ich wollte den Gedanken nicht zulassen, dass ich verrückt geworden sei, wehrte mich noch immer gegen die Möglichkeit einer von langer Hand geplanten Verschwörung und gestand: »Nein, ich wusste es nicht. Das hat mir niemand gesagt. Ich sollte lediglich Informationen sammeln. Aber ich war sicher, dass es gestern stattgefunden hat. Deshalb habe ich unter anderem gleich am Eingang den Hausmeister befragt. Ich dachte, er würde mir etwas sagen. Dass er nichts wusste, hat mich schon sehr erstaunt«, worauf die alte Frau erwiderte: »Aber woher hätte er denn etwas wissen sollen? Er hat damals doch noch gar nicht hier gewohnt. Ich hätte Sie auch mit leeren Händen ziehen lassen, wenn Sie nicht den Namen des Gestapomanns erwähnt hätten. Natürlich, Albert Lempke, das stimmt. Nehmen Sie doch bitte Platz«; als ich mich setzte und das junge Mädchen, auf einmal sichtlich belustigt von dem merkwürdigen Missverständnis, es mir gleichtat, sagte die alte Frau: »Jedenfalls sind Sie an die richtige Adresse gelangt. Denn das hier ist seine Wohnung. Eigentlich unsere Wohnung, vor dem Krieg und natürlich nach dem Krieg, aber er hat sie uns 1942 weggenommen und bis 1943 hier gewohnt. Bis zu jenem 23. Oktober. Ich erinnere mich noch ziemlich genau an den Tag«, und ich fragte leise: »Was ist an dem Tag passiert?«, worauf sie erwiderte: »Da ist er gestorben. Etwa eine halbe Stunde, nachdem man auf ihn geschossen hatte«, und dann verstummte sie plötzlich, da sie vielleicht auf eine weitere Frage wartete, oder auch, weil ihr eine Veränderung an mir auffiel – ich muss blass oder rot geworden sein, ich weiß es nicht –, sie verstummte jedenfalls und schaute mich erwartungsvoll an, deshalb denke ich auch, dass diese Veränderung, die sich so plötzlich auf meinem Gesicht abzeichnete, der Grund dafür war, dass sie ihren Redefluss unterbrach, und ich erinnere mich sogar, dass ihr anfänglich erwartungsvoller und warmherziger Blick kurz darauf gleichsam starr wurde und sich in einen forschenden verwandelte, aber ich hatte nicht die Kraft, den Schein zu wahren und das Schweigen zu brechen.

Das junge Mädchen, das etwas abseits saß, bemerkte ganz offensichtlich mein Wechselbad der Gefühle überhaupt nicht und nahm nach einer Weile den Gesprächsfaden wieder auf: »Sie haben mir mit Ihrem Irrtum einen Riesenschreck eingejagt. Aber es ist gut, dass es nur darum ging«, und setzte dann hinzu: »Seit meiner frühesten Kindheit höre ich ständig die Geschichte von dem Gestapomann. Das ist eigentlich seit Jahren *das* Gesprächsthema in unserer Familie. Als ich noch klein war, hatte ich eine panische Angst vor dem Zimmer, in dem er umgebracht worden ist. Im Übrigen nicht nur vor dem Zimmer, auch vor dem Treppenhaus und dem Eingangstor unten – wo die Leute erschossen wurden, die damals kamen, um ihr Urteil an ihm zu vollstrecken, und es dann nicht schafften zu flüchten –, vor all dem hatte ich eine entsetzliche Angst. Besonders abends. Über diese Aktion ist schon einige Male in historischen Arbeiten über die Okkupationszeit berichtet worden. Wenn Sie nur mit einem Wort erwähnt hätten, dass es darum geht …« – »Natürlich, natürlich, wie konnte ich nur so dumm sein und in der Redaktion nicht nachfragen, wann sich das alles ereignet hat! Ich wundere mich über mich selbst. Stehle ich Ihnen auch nicht Ihre Zeit? Ich bin ohne Vorankündigung einfach so bei Ihnen hereingeschneit …«, brachte ich schwach und mit übermenschlicher Anstrengung hervor, und wenn ich auch versuchte, meinen Worten einen möglichst natürlichen Klang zu verleihen, so war ich doch innerlich wie zerschlagen, als seien mein Nervenzentrum und mein ganzer Wille plötzlich wie gelähmt.

Der Augenblick der naiven Illusion, dass auch die verworrensten Dinge logisch und real seien, so logisch und real wie jedes Ereignis, an dem Menschen aus Fleisch und Blut teilhaben, der Augenblick der Illusion, dass alles sich klären würde, wenn es mir nur gelänge, diesen verschlungenen Knoten zu entwirren, dieser Augenblick war unwiederbringlich vorbei. Ich wusste im Grunde bereits, was ich wissen wollte, obwohl das, was ich wusste, so unlogisch, so absurd war, dass einem die Haare zu Berge standen; und die Umstände selbst, unter denen das geschehen war, was ich hier überprüfen wollte, interessierten mich in dem Moment schon gar nicht mehr, sie waren nicht so wichtig – im Übrigen, so dachte ich, konnte ich mich, falls ich wirklich wollte, später mit ihnen vertraut machen, wenn ich mich von dem erlittenen Schock etwas erholt haben würde; und die Hoffnung, dass ich es nur mit einer geschickten Inszenierung zu tun hatte, dass jemand mich in etwas verwickeln und mir die Schuld für etwas in die Schuhe schieben wollte, diese Hoffnung (obwohl ich dieses Gefühl noch vor einer Weile nicht Hoffnung genannt hätte, denn eben hatte ich mich schließlich noch vor einer solchen Inszenierung gefürchtet und erst später an diese Möglichkeit geklammert, in der Hoffnung, sie wäre ein Rettungsanker, ja fast mit dem sehnlichen Wunsch, dass es so sein möge), ich betone nachdrücklich, dass diese Hoffnung da wohl bereits vollkommen in mir erloschen war; weil ich mich nun allerdings so weit in die Sache verrannt hatte, war es schwierig, da wieder herauszukommen, ohne dass die beiden Frauen etwas merkten. Und da sagte das junge Mädchen, dem mein Zustand gewiss entging, auch schon höflich und zuvorkommend: »Aber nein, genieren Sie sich bitte nicht. Sie stören uns überhaupt nicht«, und setzte kurz darauf mit einem freundlichen Lächeln hinzu, dass ihre Großmutter sowieso ganze Tage in dem Sessel zubringe, während sie selbst wiederum nicht beabsichtige, noch irgendwo hinzugehen, sie beide mir also gerne mit Informationen dienten, worauf die alte Frau, zufrieden, dass sie einen neuen Zuhörer ergattert hatte und nun nach Herzenslust reden konnte, bestätigte, dass sie selbstverständlich genug Zeit hätten; ich widersetzte mich nicht mehr, es war ohnehin sinnlos, im Übrigen hätte ich mich den beiden Frauen verdächtig gemacht; es bestand gar kein Zweifel, dass ich mich nicht so verhielt, wie sich ein neutraler Faktensammler zu verhalten hatte, schließlich war ich ja tatsächlich wegen ihrer Geschichte gekommen und hatte zuvor zu verstehen gegeben, dass mir sehr daran gelegen sei, deshalb nahm ich mich schließlich zusammen und zwang mich zu einem höflichen, gleichsam berufsmäßigen Lächeln, das – wie ich mir vorstellte – ein mit solchen Situationen vertrauter Journalist aufsetzen müsse, ein Lächeln, das sowohl die Bereitschaft zuzuhören als auch das nötige Interesse ausdrückte, und da ergoss sich sogleich der ziemlich verworrene Bericht der alten Frau: wie eines Tages die Mieter neben dieser von einem Gestapomann beschlagnahmten Wohnung drei Schüsse gehört und dem wohl keinerlei Bedeutung beigemessen hätten (in der Wohnung eines Gestapomannes konnten die unterschiedlichsten lauten Dinge passieren, und man musste sie überhören), wenn nicht gleich darauf das ganze Haus vom Schrei seiner Mutter erschüttert worden wäre, einer kleinen, unscheinbaren Frau, die ganz passabel Polnisch sprach, da sie und ihr Sohn aus Schlesien stammten. Den Nachbarn zeigte sich die Frau allerdings selten (vielleicht aus Scham über die Rolle, die ihr Sohn spielte? Wer weiß, denn nach seinem Tod zog sie gleich am nächsten Morgen aus); jedenfalls begannen unmittelbar nach den Schüssen in der Wohnung und diesem durchdringenden Schrei ein paar junge Leute im Treppenhaus und an der Eingangstür eine Schießerei, da Polizeiwagen kamen; alles geschah fast blitzartig, als eilten die Polizisten ihm zur Hilfe, als hätten sie im Voraus gewusst, dass ein Anschlag auf ihn verübt würde, und hatten es nur nicht rechtzeitig geschafft, waren wenige Minuten zu spät gekommen, buchstäblich wenige Minuten, und bald war die ganze Sache beendet, sieben Leichen wurden zum Wagen hinausgetragen …, und in dem Moment verschwand diese seltsame Schwäche, die meinen ganzen Körper und Geist gelähmt hatte, und dieser weiche, dumpfe Nebel, der sich unter meiner Schädeldecke zusammenballte, löste sich auf, als habe man meinem Gehirn einen elektrischen Schlag versetzt.

Grund dafür war ein Satz der alten Frau, den sie leichthin und ohne besondere Betonung äußerte, den ich aber hörte und daraufhin schlagartig zur Besinnung kam, und mit scharfer und lauter Stimme fiel ich ihr fast brutal ins Wort: »Wie viele? Wie viele Leichen, haben Sie gesagt?«, und sie darauf: »Sieben. Sieben Leichen«, wieder mit einem gewissen Erstaunen, wohl überrascht von meinem Ton, sodass ich mich sofort zu einer Erklärung gezwungen sah: »Mir schien, Sie hätten vorhin von sechs gesprochen. Dass es sechs Attentäter gewesen seien. Das verstehe ich nicht«, und sie: »Habe ich das gesagt? Ich kann mich nicht erinnern. Nun, vielleicht habe ich das gesagt«, es klang, als sei sie nicht allzu überzeugt, und sie fügte hinzu: »Ja, natürlich, die sechs Leichen der Attentäter. Denn die siebte war Lempke. Der Gestapomann Lempke. Er starb, bevor der Arzt kam, sodass er zusammen mit den anderen hinausgetragen wurde«; ich atmete auf, empfand sogleich ein unerklärliches Gefühl der Erleichterung, vielleicht lächelte ich sogar, denn die alte Frau und das junge Mädchen erwiderten mein Lächeln, und sofort riss ich mich zusammen, bot meine ganze Willenskraft auf, um zu verhindern, dass sich in meinem Kopf wieder diese idiotischen Gedanken breitmachten und ich glauben musste, ich sei verrückt geworden; schnell begann ich sie mit ruhigen, nüchternen Fragen zu überhäufen, die ich mit professioneller Gewandtheit stellte, als hätte ich mich zeitlebens mit nichts anderem als Berichterstattung beschäftigt. Alle meine Fragen und die Antworten der alten Frau und ihrer Enkeltochter habe ich im Gedächtnis gespeichert, als wenn ich sie mit dem Tonband aufgezeichnet hätte. Ich gebe das Ganze mit fast hundertprozentiger Genauigkeit wieder:

Ich: Die Uhrzeit?

Die alte Frau: Welche Uhrzeit? Ach, damals? Zwischen drei und vier Uhr nachmittags.

Ich: Können Sie sich nicht genauer erinnern?

Die alte Frau: Nein, aber als ich aus dem Fenster schaute und die Leichen hinausgetragen wurden, war es schon weit nach vier Uhr. Ich glaube, dass das Ganze eine halbe oder Dreiviertelstunde zuvor angefangen hatte.

Ich: Hat es mit den drei Schüssen in der Wohnung, in der wir jetzt sitzen, angefangen? Mit den Schüssen, die die nächsten Nachbarn gehört haben?

Die alte Frau: Das habe ich Ihnen doch schon gesagt.

Ich: Ja. Sie selbst haben sie aber nicht gehört?

Die alte Frau: Nein, dort, wo wir damals wohnten, im Souterrain, konnte man sie nicht hören. Jedenfalls hat sie niemand von uns gehört. Nur die anderen Hausbewohner haben es erzählt. Aber sie waren sich alle darin einig, dass drei Schüsse gefallen sind.

Ich: Und dann hörte man sofort den Schrei seiner Mutter?

Die alte Frau (zögernd): Nun … vermutlich …

Das junge Mädchen: So ist es mir jedenfalls oft geschildert worden. Man könnte fast meinen, es sei so gewesen. Dass alles blitzschnell geschah, fast gleichzeitig. Drei Schüsse in der Wohnung, der Schrei der Mutter, zwei deutsche Fahrzeuge vor dem Haus, der Schusswechsel im Treppenhaus und am Eingang. Aber ich glaube, dass das nicht stimmt.

Ich: Worauf gründet sich Ihre Annahme?

Das junge Mädchen: Sogar meine Großmutter behauptet, dass es schon nach vier war, als die Fahrzeuge kamen, um die Leichen abzuholen. Demnach hat das Ganze ziemlich lange gedauert.

Ich: Das beweist noch gar nichts. Der Gestapomann war noch am Leben, man holte einen Arzt. Das könnte den größten Teil der Zeit zwischen 15.30 und kurz nach 16.00 Uhr ausgemacht haben.

Die alte Frau: Woher wissen Sie, dass die Aktion um 15.30 Uhr angefangen hat?

Ich: Rein hypothetisch. Sie haben selbst gesagt, dass zwischen ...

Die alte Frau (unterbricht mich nachdenklich): Ja, natürlich, das kann um 15.30 Uhr gewesen sein (und nach einem Augenblick des Schweigens) – nein, so lange haben sie nicht auf den Arzt gewartet und bei dem Sterbenden gesessen. Als die paar jungen Leute erschossen wurden, lebte er schon nicht mehr. Er starb, noch bevor sie mit unseren Jungs fertig waren. Die Schlesierin, seine Mutter, hat da schon geschrien, dass er tot sei ...

Das junge Mädchen (unterbricht sie): Deshalb sage ich ja, dass weder die drei Schüsse und der Schrei seiner Mutter, noch der erste Schrei seiner Mutter und die Schüsse im Treppenhaus direkt aufeinanderfolgten, wie Sie dem hätten entnehmen können, was meine Großmutter am Anfang gesagt hat. Das zog sich über zehn, vielleicht sogar fünfzehn Minuten hin.

Die alte Frau: Erzähl mal die Geschichte mit dem Dachboden.

Das junge Mädchen: Genau. Es gibt noch eine andere Version dieses Vorfalls. Am Abend fand man die Tür zum Dachboden aufgebrochen vor, und auch das kleine Dachfenster war offen.

Ich: Ich sehe den Zusammenhang nicht.

Das junge Mädchen: Jemand hat vermutet oder sogar behauptet, dass sie, nachdem sie Lempke erschossen hatten, versuchten, auf diesem Weg zu flüchten, nur dass daraus nichts wurde. Das Nachbarhaus auf der einen Seite war einstöckig, aus dem dritten Stock hinunterzuspringen wäre nicht sehr Erfolg versprechend gewesen, auf der anderen Seite lagen jedoch nur Trümmer, noch von einer Bombardierung im Jahr 1939.

Ich: Verstehe. Aber das ergibt für mich immer noch kein logisches Bild. Wenn sie versucht haben, über den Dachboden zu flüchten, und ihnen das nicht gelungen ist, dann heißt das, dass sie diesen Fluchtweg bei ihrer Aktion nicht eingeplant hatten. Das war reiner Zufall. Höchstwahrscheinlich wollten sie auf demselben Weg zurück, auf dem sie gekommen waren. Durch das Eingangstor, nicht wahr?

Das junge Mädchen: Wenn aber durch etwas Unvorhergesehenes der geplante Fluchtweg abgeschnitten war?

Ich: War das so?

Das junge Mädchen: Vielleicht war es nicht so, aber sie haben es angenommen.

Ich: Woher wissen Sie das?

Die alte Frau: Lass mich das erzählen.

Ich: Bitte.

Die alte Frau: Sehen Sie, die sozusagen zweite Version dieses für uns unvergesslichen Vorfalls stammt von nur einer Person. Vom damaligen Hausmeister. Als die ersten drei Schüsse fielen, ging er gerade die Treppe hinunter. Später hat er erzählt, dass ihm dabei ein unbekannter junger Mann entgegengekommen sei, und als er sich bereits beim Eingangstor befand, sei ihm dort noch ein weiterer aufgefallen.

Ich: Die haben bestimmt Schmiere gestanden.

Die alte Frau: Das haben wir später auch vermutet.

Ich: Aber in welchem Zusammenhang steht das mit dem abgeschnittenen Fluchtweg?

Die alte Frau: In dem Moment, als der Hausmeister am Eingangstor stand, erschienen die Deutschen.

Ich: Die Wagen kamen also genau zur rechten Zeit?

Die alte Frau: Nein, das war eine Patrouille, die zufällig durch die Straße kam. Drei Soldaten der Wehrmacht. Höchstwahrscheinlich hatten die Schüsse sie hergeführt. Anscheinend blieben sie stehen und fragten ihn, ob die Schüsse hier gefallen seien.

Ich: Und hat er es ihnen gesagt?

Das junge Mädchen: Das würde man erwarten.

Die alte Frau: Nein, er hat ihnen nichts gesagt. Ich habe ihm immer geglaubt, dass er nichts gesagt hat. Er war ein anständiger Mensch, obwohl er getrunken hat. Er hat ihnen gesagt, das sei irgendwo weiter weg passiert, und hat ihnen die Trümmer nebenan gezeigt. Übrigens sind sie schnell wieder verschwunden.

Das junge Mädchen: Vielleicht sind sie verschwunden, um die Feldpolizei zu rufen …

Die alte Frau: Nein. Da bin ich mir ganz sicher. Erstens wären sie nicht so ohne Weiteres wieder weggegangen, wenn er ihnen etwas gesagt hätte. Sie hätten zumindest versucht, durchs Tor zu schauen. Zweitens, wenn sie Hilfe geholt hätten, wären sie mit der Feldpolizei zurückgekehrt. Aber die Feldpolizei kam von sich aus. Da war keiner in Wehrmachtsuniform. Dieser Hausmeister war ein anständiger Mensch, ich habe ihn nie einer solchen Schweinerei verdächtigt.

Ich: Gut. Aber was hat er selbst gesagt?

Die alte Frau: Dass ihm bereits klargeworden sei, dass hier etwas im Gange war, als er die Treppe hinunterging, nachdem er die drei Schüsse gehört und die beiden jungen Leute gesehen hatte. Der zweite junge Mann, der ganz unten stand, verbarg offensichtlich etwas Verdächtiges unter seinem aufgeknöpften Mantel. Als unser Hausmeister dann vor dem Eingangstor auf die Militärpatrouille traf, sagte er also für alle Fälle, dass die Schüsse nicht hier gefallen seien. Er bestätigte später, dass die Deutschen sich damit zufriedengegeben hätten; er sei dann nur noch eine Weile stehen geblieben, um sicherzugehen, dass sie nicht wiederkamen. Als er schließlich selbst zurück ins Haus ging, seien die beiden jungen Männer nicht mehr da gewesen. Weder derjenige, der unten hinter dem weit geöffneten Türflügel gestanden hatte, noch der andere auf dem Treppenabsatz. Stattdessen hörte er irgendwo oben Schritte.

Ich: Aha. Sie vermuten also, dass die Leute oben erkannt hatten, dass ihr Rückweg abgeschnitten war, und dann versuchten, sich mit einer Flucht über den Dachboden und das Dach zu retten.

Das junge Mädchen: Das ist die Version des Hausmeisters.

Die alte Frau: Mich überzeugt sie. (Nach kurzem Schweigen) Aber dieser Fluchtweg kam nicht infrage, also beschlossen sie, umzukehren und sich durchzukämpfen. Durch ihre Fehleinschätzung der Situation hatten sie jedoch den Zeitpunkt verpasst, in dem das Eingangstor frei war. Als sie dann tatsächlich zurückkehrten, trafen sie mit den Deutschen zusammen, nur waren das inzwischen andere und mehr als ein Dutzend. Mich überzeugt diese Version vollkommen.

Das junge Mädchen: Nicht alle haben dem Hausmeister damals geglaubt. Später ist er dann vollkommen dem Alkohol verfallen.

Die alte Frau: Er war ein anständiger Mensch. Ich habe ihn schon als Kind gekannt. Er hat getrunken, das stimmt, aber davon abgesehen war er ein anständiger Mensch. Niemals hätte er so etwas getan. Im Übrigen war genug Zeit, um die Feldpolizei zu alarmieren. Selbst die Mutter des Gestapomannes hätte das tun können.

Ich: Wie denn? Mit ihrem Geschrei?

Die alte Frau: Sie hatte ein Telefon in ihrer Wohnung. Das nächste Kommissariat war buchstäblich zwei Schritte entfernt. Gleich eine Straße weiter. Es ist doch vollkommen logisch, dass sie sich, wenn ihr Sohn noch lebte, als Erstes um ihn kümmerte und dann, als sie sah, dass sie damit nicht selbst zurechtkam, zum Telefonhörer griff. Wie hätten Sie an ihrer Stelle reagiert?

Ich: Ich verstehe nicht … Weshalb ich?!

Die alte Frau: Sie oder irgendein anderer … ganz gleich. Bestimmt hätte man als Erstes einen Arzt angerufen, dann die Polizei. Habe ich nicht recht?

Ich: Ja … Natürlich … Sie haben recht. Ich hätte einen Arzt oder die Rettung gerufen. Und dann beim nächstgelegenen Kommissariat angerufen. Oder vielleicht doch zuerst beim Kommissariat. Wenn der Zustand des Verletzten hoffnungslos gewesen wäre … Oder vielleicht …

So redete ich damals, brach wohl mit diesem »oder vielleicht« ab, da ich plötzlich dachte, wenn er zu dem Zeitpunkt wirklich noch am Leben war, dann hätte er sich höchstwahrscheinlich am meisten vor einer Rückkehr der Attentäter gefürchtet, wenn er jedoch überhaupt noch etwas hatte sagen können, dann hätte er wohl vor allem nach der Polizei verlangt. Plötzlich starrte ich die beiden Frauen an wie ein Blinder, ohne sie überhaupt zu sehen, und wie betäubt, ohne zu hören, was sie zu mir sagten; hingegen sah ich genau die gestrige Szene vor mir, als der blutüberströmte Mann auf dem Bett mich mit dunklen, vor Entsetzen und Hass weit aufgerissenen Augen anstarrte und ich ihn gleichzeitig schreien hörte: »Polizei! Rufen Sie die Polizei!« – mit diesem harten, fremden Akzent (der mich da überhaupt nicht verwundert und den ich sogar vergessen hatte, er fiel mir erst wieder ein, als die beiden Frauen plötzlich innehielten, da sie vielleicht mein Schweigen falsch interpretiert hatten, wussten sie doch bereits, was ich einen Tag zuvor noch nicht gewusst hatte, dass nämlich die Mutter des Gestapomannes Lempke Schlesierin war, daher ihr Akzent, wenn sie Polnisch sprach, daher überhaupt die Polnischkenntnisse der beiden) –, und sofort spürte ich in der einen Hand den kalten Telefonhörer und unter den Fingern der anderen die runden Löcher der metallenen Wählscheibe, spürte, wie ich die Scheibe drehte und die Nummer 7227 wählte, und hörte sogleich meine eigene Stimme, die schrie: »Ist dort die Polizei?«, noch bevor sich am anderen Ende der Leitung jemand gemeldet hatte; und gerade da vernahm ich die Frage der alten Frau, die sie vielleicht sogar erneut stellte, obwohl ich sicher bin, zuvor nicht gehört zu haben, dass sie etwas zu mir sagte (so erschüttert war ich über dieses entsetzliche Zusammentreffen meines gestrigen Anrufs bei der Polizei mit der Ankunft der deutschen Feldpolizisten mitten in der Aktion damals, vor zwanzig Jahren), ich hörte nämlich überhaupt nichts, und selbst wenn ich etwas gehört hätte, hätte ich den Sinn der Worte nicht verstanden, aber ich glaube, dass die alte Frau ihre Frage wiederholte, denn als ich sie schließlich deutlich hörte, lag ein gewisser Nachdruck darin und zwang mich, in die Realität zurückzukehren – diese Frage nämlich, ob ich etwas gesagt hätte (davon spreche ich), diese Frage verdrängte jenes Bild, das mir vor Augen stand, für einen Moment aus meinem Bewusstsein, und ich sah wieder – zuerst verschwommen, unklar, gleichsam in der Luft zerfließend, dann aber schon recht deutlich – die beiden in den Sesseln sitzenden Frauen, eine mir gegenüber, die Beine unter einer Decke, die andere etwas seitlich von mir, wie sie mich mit wachsender Neugier anschauten, vielleicht versuchten sie zu ergründen, welchen Eindruck sie mit dieser in ihrer Familie so »sensationellen Geschichte« hervorgerufen hatten, oder vielleicht hatten sie auch schon bemerkt, dass dieser Eindruck gewaltig war, und versuchten nun zu ergründen, weshalb er so gewaltig war, und als die alte Frau noch einmal fragte: »Haben Sie etwas gesagt?«, und ihr Blick wegen meines hartnäckigen Schweigens bereits ein leichtes Erstaunen ausdrückte, verneinte ich schließlich, ich zöge nur verschiedene

Möglichkeiten in Betracht, wobei ich im Flüsterton, ja, eigentlich sogar einem ziemlich gedämpften, unterdrückten Flüsterton sprach, denn in mir war immer noch mein Schrei, dieser Schrei in den Telefonhörer hallte noch nach, machte sich in mir breit, sprengte mir geradezu den Schädel und wollte und wollte nicht verhallen, obwohl das Bild vor meinen Augen verschwunden war, wohl deshalb antwortete ich nur in diesem Flüsterton, und als die alte Frau daraufhin fragte, welche Möglichkeiten ich denn in Betracht zöge, sagte ich: »Die Möglichkeiten desjenigen, der das Ganze hat auffliegen lassen«, und fügte erst nach einer Weile hastig hinzu: »Der das Ganze hat auffliegen lassen oder auch das Kommissariat der Feldpolizei verständigt hat«, worauf sie mit einem Seufzer meinte: »Das werden wir nie erfahren«, und ich: »Nie. Ganz sicher nie«, und diese schlichte Feststellung verschaffte mir unerwartet so etwas wie Erleichterung.

Dann schwiegen wir. Das Thema war eigentlich erschöpft. Damit die vielsagende Stille, die nun eintrat, nicht zu enervierend wurde, erkundigte ich mich nach der damaligen Möblierung der Wohnung – auch wenn das zu der eben vernommenen Geschichte nichts Neues beitragen konnte –, worauf die beiden Frauen mir knapp antworteten, dass sich seit jener Zeit fast nichts verändert habe, Lempke sei schließlich in eine bereits eingerichtete Wohnung eingezogen, und nach seinem Tod und dem Auszug seiner Mutter hätten sie die Wohnung zurückbekommen, später, in den Jahren darauf, seien lediglich einige Gegenstände umgestellt worden, das sei alles gewesen, und das Mädchen bot an, mir das Zimmer zu zeigen, in dem das Attentat verübt worden war, sofern ich noch etwas Zeit hätte; da erhob ich mich, dankte der alten Frau für ihre Geschichte und verabschiedete mich, indem ich auf das freundliche Angebot erwiderte, dass ich natürlich, falls ich zusätzliche Informationen bräuchte, darauf zurückkäme, ja, auf jeden Fall. Daraufhin folgte ich zögernd dem jungen Mädchen, und dann stand ich bereits in dem Zimmer.

Ich war fest davon überzeugt, dass es wie am Tag zuvor aussehen würde, als ich dort wie ein Dieb eingedrungen und zum Schreibtisch gestürzt war, um das Päckchen blauer, in der Mitte von einem Gummiband zusammengehaltener Briefumschläge zu suchen; einen Augenblick später hatte ich jedoch vor einem im Todeskampf röchelnden Mann gestanden, der doch, wie man mir gesagt hatte, seit zwanzig Jahren nicht mehr lebte; ich war sogar zuerst sicher, besser gesagt – wenn ich meine Gefühle genauer beschreiben soll –, ich hegte, als ich hinter dem Mädchen das Zimmer betrat, die Hoffnung, noch frische Spuren von mir selbst zu finden. Wenn man allerdings die Geschichte der beiden Frauen für bare Münze nahm, dann hatte ich nie im Leben meinen Fuß in dieses Zimmer gesetzt, zumindest war ich am Tag zuvor nicht darin gewesen – als ich mich jedoch umschaute, nachdem ich aus dem dunklen Korridor in das Zimmer getreten war und sich meine Augen an die plötzliche Helligkeit gewöhnt hatten, stellte ich zweifelsfrei fest, dass ich mich getäuscht hatte; Spuren, wie sie mir vorgeschwebt hatten, konnte ich überhaupt keine finden, denn es war zwar dasselbe Zimmer, aber dennoch ein anderes, als stammte mein Wissen (im Gegensatz zu dem Anblick, der sich mir gestern unter so erschütternden und tragischen Umständen dargeboten hatte) aus einer viele Jahre zurückliegenden Vergangenheit. Was ich hingegen jetzt vor mir sah, war im Laufe einer langen Zeit durch die Einwirkung verschiedener Menschen entstanden, die den Raum nach ihrem Geschmack gestaltet und mit den Jahren ihre eigenen Spuren an den Wänden, Geräten und kleinen Gegenständen hinterlassen hatten, selbst wenn man davon ausging, dass die Raumgestaltung im Grunde unverändert geblieben war; ja, zweifellos, denn die Möbel, dieselben Möbel natürlich, standen an denselben Stellen wie damals: der abgenutzte Simmler-Schreibtisch zwischen den Fenstern, der ovale, von Stühlen umgebene Tisch in der Mitte, seitlich an der Wand der riesige klobige Schrank und das kleine Tischchen mit dem schwarzen Kasten des Telefons zwischen der Tür und der Ecke, wo zuvor das Bett gestanden hatte (bewusst verwende ich das Wort »zuvor«, anstatt einfach

»gestern« oder »am Vortag« zu sagen, da ich mich immer mehr vor diesem »gestern« oder »am Vortag« fürchte – deshalb sage ich also »zuvor«, so ist es wohl am besten – »zuvor« heißt dann: als ich in diesem Zimmer war und neben dem sterbenden Mann stand), als mich jedoch das Mädchen in das Zimmer führte, bemerkte ich sofort beim Überschreiten der Schwelle, dass das Bett nicht mehr da war und seinen Platz ein modernes, serienmäßig hergestelltes und ziemlich gewöhnliches Liegesofa eingenommen hatte; und als ich so dastand, ein Weilchen in jene Ecke starrte, sagte das Mädchen, vielleicht aus einer Art Vorahnung heraus, vielleicht aber auch nur, weil sie mein besonderes Interesse bemerkt hatte: »Hier stand anscheinend einmal das Bett, in dem er starb. Vielleicht hatte er sich dort hingeschleppt, vielleicht mit Hilfe der Mutter. Denn er lag wohl nicht im Bett, als sie kamen, um das Urteil an ihm zu vollstrecken. Er lag wohl nicht im Bett, denn die Leute im Haus sagten, dass er später, als man ihn wegbrachte, angezogen gewesen sei. Die Kugeln müssen ihn also woanders getroffen haben«, und ich murmelte: »Ja, ich verstehe«, verstand aber nichts und dachte auch überhaupt nicht über das nach, was sie gesagt hatte, und sie fuhr fort: »Soweit ich mich entsinnen kann, hat hier immer das Liegesofa gestanden. Aber das Bett ist jetzt auf dem Dachboden. Wenn Sie es sehen wollen ...?« – »Ach nein, nicht nötig«, erwiderte ich rasch und ließ meinen Blick schweifen, wobei ich in meinem Bewusstsein alle Veränderungen festhielt, die im Laufe der Jahre in diesem Zimmer vorgenommen worden waren, denn ich hatte keinerlei Zweifel mehr, dass das, was mir einen Tag zuvor widerfahren war, sich in Wirklichkeit vor vielen Jahren ereignet hatte, und dass die Veränderungen, die man jetzt sah, das Ergebnis einer außerordentlich langen Zeitspanne waren und nicht, wie ich zuvor gehofft hatte, einer schnellen und schlauen Inszenierung. Ich betrachtete also die verschiedenen Familienfotos in den schlichten Rahmen, die doch »damals« nicht an den Wänden gehangen hatten, die handbestickten Kissen, die in gemütlicher Unordnung auf dem Sofa herumlagen, warf einen Blick auf das Spitzendeckchen unter dem Telefon, die kleinen Majolikavasen mit den getrockneten stacheligen Heckenrosenzweigen zu beiden Seiten des Schreibtischs, bis ich mir schließlich bewusst machte, dass es einen ziemlich wesentlichen Unterschied gab, was die Atmosphäre des Zimmers zwischen dem »Zuvor« und dem »Heute« betraf, einen Unterschied, den ich anfangs nicht näher hatte bestimmen oder benennen können, obwohl ich ihn sofort erfasst hatte: Damals war das Zimmer dunkel gewesen, an den Fenstern hatten Rollos aus schwarzem grobem Papier gehangen, die von draußen gerade einmal schmale, seitlich einfallende Lichtstreifen durchließen (ich erinnerte mich, wie ich mich mit einem der Rollos abgemüht hatte, um es hochzuziehen), jetzt waren die Rollos verschwunden, und Tageslicht erfüllte den ganzen Raum, verlieh ihm einen anheimelnden und freundlichen Charakter. Ich sagte: »Dankeschön«, fügte dann noch hinzu: »Das ist dann wohl alles«, und wandte mich zur Tür. Nach einem Moment unschlüssigen Schweigens im Korridor, als ich meinen Mantel anzog – falls mir noch eine Frage einfiele, oder jedenfalls deutete das junge Mädchen meine zum Abschied ausgestreckte, plötzlich in der Luft erstarrte Hand dahingehend (ja, bestimmt, aber ich fragte nichts mehr, denn sie hatte ja überhaupt keine Ahnung; wenn ich ihr erzählt hätte, was mir passiert war, hätte sie bestimmt gedacht, dass ich den Verstand verloren habe) –, nach diesem kurzen Moment unschlüssigen Schweigens also spürte ich nur noch die Wärme ihrer Hand, eine pulsierende Wärme voller Leben, die mich gleichsam wie ein Stromstoß durchfuhr und sofort erkaltete, so rasch zog sie ihre Hand aus der meinen; dann war ich bereits im Treppenhaus, ging langsam auf das Tor zu und wich den lachenden, schreienden, mit ihren Spielen beschäftigten Kindern aus; auch die Straße pulsierte überlaut von Bewegung und Lärm, als seien diese ganze Stille und Leere und der plötzliche Eindruck von Leblosigkeit, die ich empfunden hatte, als ich hier das erste Mal entlanggegangen war, nur ein schlechter Traum gewesen, geträumt in einer ungemein fernen Nacht voller Albträume.

Wahrscheinlich lehnte ich mich gegen eine Mauer, um nicht ohnmächtig zu werden – das war eine plötzliche, wenn auch natürliche Reaktion des Organismus, denn dort oben in der Wohnung der beiden Frauen hatte ich mich zusammenreißen und »das Gesicht wahren« müssen –, und so an die Mauer gelehnt, schloss ich wohl auch die Augen, um mich innerlich etwas zu sammeln, zu konzentrieren und wenigstens für einen Moment all die lästigen, verrückten Gedanken zu vertreiben. Ich muss wohl wie ein Betrunkener oder wie ein Kranker an die Mauer gelehnt dagestanden haben, etwas zu lange, als dass ich nicht die Aufmerksamkeit der Passanten erregt hätte; da hörte ich schließlich eine Stimme: »Ist Ihnen nicht gut?«, und als ich erschrocken die Augen öffnete, sah ich eine kleine Gruppe verunsicherter Menschen, die teils ratlos, teils neugierig um mich herumstanden. Darauf drängte ich mich, beinahe brutal, durch sie hindurch und eilte fast im Laufschritt zur nächsten Kreuzung, wobei ich einen plötzlichen Wutausbruch unterdrückte, obwohl doch die Stimme, die mich gefragt hatte, ob mir nicht gut sei, wirklich freundlich gewesen war, es war darin der Wunsch zu spüren gewesen, mir zu helfen; wie anders doch als die Stimme, die ich bald darauf zu hören bekam und die genau denselben Satz sagte, aber voller Argwohn und Misstrauen, und die sogar eine Art verborgene Feindseligkeit verriet – aber nein, eilen wir nicht zu rasch in die Zukunft der nächsten Tage voraus. Gewiss, diesen Bericht hätte ich am liebsten schon hinter mir, doch versuchen wir, Tag um Tag, Stunde um Stunde alles zu erzählen, was mir widerfahren ist, so genau wie möglich, und auch, was ich empfunden und gedacht habe; ich will es versuchen.

Nach dem Besuch bei den beiden Frauen eilte ich die Promienista-Straße entlang, an einigen Kreuzungen vorbei, bis ich eine Hauptstraße erreichte, und stieg, völlig außer Atem, in die erstbeste Straßenbahn, kaufte eine Fahrkarte und fuhr los, um so schnell wie möglich nach Hause zu kommen. Erst nach einiger Zeit, als die Straßenbahn schon ein paar Haltestellen passiert hatte, begriff ich, dass sie mich in die völlig entgegengesetzte Richtung brachte. Verärgert und irritiert stieg ich aus. Ich war zu überhaupt nichts mehr zu gebrauchen, nur noch halb bei Bewusstsein nach all dem, was ich erfahren hatte, und zu allem Übel verirrte ich mich auch noch in meiner Heimatstadt, in der ich – mit kurzen Unterbrechungen – mein ganzes bisheriges Leben verbracht hatte; schlimm genug!

Als ich auf der Fußgängerinsel der Haltestelle zwischen zwei laut vorbeirauschenden Fahrzeugströmen stand, versuchte ich mich zu beherrschen und bemerkte, dass ich mich in einem Stadtteil in Flussnähe befand: Unten hinter der Uferpromenade floss die trübe Weichsel, auf der mit rostfarben-grauem, herbstlich kahlem Gesträuch bewachsenen Böschung erhob sich die nach dem Krieg wieder aufgebaute Altstadt; hierher hatte es mich verschlagen. Ich erinnere mich, dass ich, nachdem ich der Promienista-Straße entkommen war, keinen sehnlicheren Wunsch hatte, als bei mir daheim zu sein, dann aber, als ich nach kurzem Überlegen auf die Altstadt zuging, spürte, dass ich das gar nicht mehr wollte, überhaupt nicht mehr, als sei gerade in dem Augenblick diese undefinierbare Angst vor einer Rückkehr in meine Wohnung in mir aufgekeimt, wo seit drei Tagen, wie ich bemerkt hatte, dicke Staubschichten, wie ich sie zuvor nie wahrgenommen hatte, mit einer geradezu unglaublichen Schnelligkeit die Möbel und Bücher bedeckten und ein muffiger, moderiger Geruch jeden Winkel durchdrang, was mich anfangs nur verwundert hatte (ich machte die Abwesenheit meiner Haushälterin dafür verantwortlich), später aber mit immer größerer Beklommenheit erfüllte, die ich absolut nicht begreifen konnte, denn schließlich hinterlässt ein lebendiger Mensch, genau wie ein Tier in seinem Bau, nicht nur sichtbare und frische Spuren, sondern hat auch seinen eigenen Geruch, der den Geruch von Farben, Polituren und Tapeten gewöhnlich schnell überdeckt und sich, einmal in die Wände gedrungen, ungemein lange hält, sogar dann noch, wenn der Bewohner bereits ausgezogen oder verstorben ist; ich wollte also nicht mehr rasch in meine Wohnung zurück, schob diesen Moment hinaus, bestimmt weil ich außerdem auch noch Angst vor der Einsamkeit verspürte, die mich dort erwartete und die ich so schwer ertragen konnte.

Und nun, da ich bereits das Wichtigste über meinen psychischen Zustand gesagt habe, könnte ich eigentlich einige Details dieses Tages auslassen, die doch in keinem Zusammenhang mit der Geschichte stehen; schließlich ist es gleichgültig, wo und was ich zu Mittag gegessen habe, ich erinnere mich nicht einmal, in welcher Straße sich das Lokal befand, in dem ich – wie ich meine – vollkommen zufällig gelandet war, und es hat wohl auch keine wesentliche Bedeutung, woran ich während des ganzen Nachmittags und Abends dachte, als ich mich ohne ein bestimmtes Ziel im Gewirr der Altstadtsträßchen herumtrieb; falls es jemanden interessiert: Ich dachte an diese ganze grässliche Geschichte, wurde fast verrückt vor Angst wegen ihrer unbegreiflichen Rätselhaftigkeit, im Übrigen ist es wohl in jeder Hinsicht verständlich, dass ich in meiner Situation an nichts anderes denken konnte; ich glaube aber, dass ich, während ich den ganzen Nachmittag und Abend so scheinbar ziellos umherstreifte, unbewusst doch auf der Suche nach etwas war, gleichsam auf meinen alten Spuren wandelte, und dass das doch erwähnenswert ist – sogar unbedingt, habe ich den Eindruck.

Übrigens war es zuerst nur ein blindes Umherirren; ich hatte eine vage Ahnung, dass ich zwischen den alten Gemäuern etwas finden würde, was vielleicht ein neues Licht auf die vergangenen Ereignisse warf, oder dass ich auf jemanden stoßen, mich an etwas erinnern würde, was einst ohne Bedeutung gewesen war, ein vergessenes Detail, das nun in der neuen Situation zu einem hilfreichen Schlüssel würde, um das Rätsel zu lösen. Als später, viel später – denn die Dunkelheit war bereits hereingebrochen – die Straßenlaternen brannten und die oberen Stockwerke der Häuser in dichte Schatten getaucht waren, wurde mir schließlich klar, wohin mich mein Unterbewusstsein trieb, und da wusste ich sofort, dass ich vergebens suchte, denn selbst wenn ich das Haus gefunden hätte, hätte mir dies nichts genutzt (ich meine das Haus mit dem Dachzimmer, wo es nach Apotheke roch und wo ich Walters Gruppe zum letzten Mal gesehen hatte, als er uns genauestens instruierte, wie wir bei unserer Aktion vorgehen sollten, und die Aufgaben verteilte); im Übrigen fand ich das Haus tatsächlich nicht. Nachdem mir aber klar geworden war, dass dieses Herumirren trotz allem ein Ziel hatte, begann ich über dieses letzte Treffen nachzudenken, und obwohl ich jetzt nicht in der Lage bin, meine Gedanken genau zu beschreiben – denn sie blitzten nur kurz auf, Gedankenfetzen wie im Fieber, ein Bild wich dem nächsten, ein Gesicht überlagerte das andere, die Gesichter gerieten mir durcheinander, ich konnte sie nicht mehr unterscheiden, nicht die Decknamen ihren Besitzern zuordnen, und die Sätze, die damals dort gesprochen und jetzt dem Gedächtnis entfallen waren, bestätigten nur noch einmal, woran ich mich früher schon erinnert hatte: dass ich erst dann zur Tat schreiten sollte, als die Aktion bereits in vollem Gange war, und Unterlagen aus der Wohnung holen musste, mehr nicht – trotz alledem tauchte also aus diesem trüben Gedankengemisch Małgorzatas Gesicht auf und schob sich vor die anderen Gesichter, hielt sich als einziges noch – ich weiß nicht, weshalb, und weiß nicht, warum mit solcher Macht.

Vielleicht konnte ich ihr Gesicht mit keinem anderen verwechseln, und es konnte auch nicht so leicht in der Erinnerung verblassen, weil sie die einzige Frau in unserer Gruppe gewesen war?

Oder vielleicht hatte sich ihr Gesicht wegen der Gefühle, die ich ihr entgegenbrachte, meinem Gedächtnis stärker eingeprägt, obwohl diese Gefühle wenig konkret waren, oder nein, eigentlich bin ich nicht ehrlich, konkret waren sie schon, sogar sehr konkret, aber mit aller Gewalt unterdrückt, da ich damals glaubte, sie sei Walters Freundin. Oder erinnerte mich vielleicht jene junge Frau, mit der ich zwei Mal auf dem Treppenabsatz meines Wohnhauses zusammengetroffen war und die mir den Brief von Walter ausgehändigt und dann die Unterlagen von mir entgegengenommen hatte, wegen ihrer unglaublichen Ähnlichkeit mit Małgorzata wieder ganz deutlich, fast greifbar und lebhaft an diese? Ich weiß es nicht. Was im Übrigen auch immer der Grund gewesen sein mag, ist unwichtig, wichtig ist jedoch, dass ich mich in Gedanken an Małgorzata klammerte, an das Bild ihres Gesichts, das aus meinem Gedächtnis aufgetaucht war, an die Erinnerung an ihre Stimme, ihre Bewegungen und das, was ich von ihr wusste (ach, wie wenig!), ich klammerte mich mit Gewalt und Verzweiflung daran wie ein Ertrinkender, da es die einzige Spur von dort war, die sich jetzt konkretisierte, die einzige Person, die mir über den Abstand dieser zwanzig Jahre hinweg, welche das »Damals« vom »Heute« trennen wie zwei fremde Epochen, durch ihre Existenz ein sichtbares Zeichen gab, ein Signal, das in mir Resonanz fand. Aber natürlich wiederholte sogleich die nüchterne Stimme der Vernunft die Überlegungen von vor zwei Tagen, dass nämlich die Frau, die mir im Treppenhaus begegnet war, nicht Małgorzata gewesen sein konnte; es ist unmöglich, sich über so viele Jahre nicht zu verändern – selbst für einen Mann, und erst recht für eine Frau, der die Zeit brutaler und schneller ihren Stempel aufdrückt –, aber es konnte doch jemand aus Małgorzatas Familie gewesen sein, solche Ähnlichkeiten kommen manchmal vor, vielleicht verhielt es sich bei mir so, ich hoffte es sogar.

Mir scheint, dass ich damals glaubte, das Schlimmste sei schon vorbei. Meine Lage sah ich folgendermaßen: Infolge einer unglücklichen Verkettung von Umständen, durch reinen Zufall – wie auch immer man es im

Übrigen nennen will, es bedeutet ohnehin nichts, denn ich werde nie herausfinden, was sich hinter diesem Begriff verbirgt – war ich auf den Grund einer Art Brunnen, dessen Wände hoch und glitschig waren, hinuntergestoßen worden, natürlich ein naiver Vergleich, aber so empfand ich es, ich versuche nicht einmal, einen anderen Vergleich zu finden. Weshalb das Schicksal mich ausgerechnet auf diesen Grund hinabgestoßen hatte, dies zu erforschen hatte ich offen gestanden in dem Moment bereits aufgegeben, mit der Tatsache jedoch, dass es aus diesem Brunnenschacht keinen Ausweg geben sollte, konnte ich mich noch nicht abfinden, und das war wohl auch der Grund, weshalb ich mich so verzweifelt an den Gedanken an Małgorzata klammerte und mir sagte: Das Schlimmste ist doch schon vorbei, etwas Schlimmeres kann mir nicht mehr passieren. Ich musste also um jeden Preis den Versuch unternehmen, nach oben zu gelangen, und obwohl ich noch nicht wusste, wohin mich weitere Nachforschungen führen würden, kam ich doch zu dem Schluss, dass ich diese Nachforschungen anstellen konnte, ich hatte wieder einen Anknüpfungspunkt: Małgorzata, und das machte mir in meiner Lage Mut; allein die Tatsache, dass ich handeln konnte, machte mir Mut und hob meine Stimmung, was, aus heutiger Sicht, ziemlich verständlich ist! Ein derart gewaltiger Stimmungswandel von einem Extrem ins andere ist vollkommen verständlich, wenn man nur mit seinen Gedanken nicht zu weit geht und nicht alles sofort zu ergründen versucht; nein, ich versuchte es erst gar nicht, da ich wusste, dass es mich in den Wahnsinn treiben konnte, zumindest habe ich es damals mit Sicherheit nicht versucht, da ich wie blind und taub war, obwohl doch der Sinn dieser ganzen Geschichte, die mir passiert war, auch da schon allzu offensichtlich war. Aber ich erinnere mich, dass ich beschwingt von diesem plötzlichen Entschluss nach Hause ging – und ich wiederhole: Ich war voller Hoffnung.

Später war ich dann schon zu Hause. Ich war allein, wie ich es zuvor befürchtet hatte, aber Angst hatte ich keine mehr. Vielleicht hatte dieser naive Glaube, handeln zu können, die Angst bereits im Keim erstickt, und obwohl ich jetzt annehme, dass sie unter der Schädeldecke weiter pulsiert haben muss – zumindest in Form einer undefinierbaren Unruhe, die immer dann in einem Menschen geweckt wird, wenn er mit etwas Unerklärlichem in Berührung kommt –, so habe ich sie aber bestimmt mit diesem naiven Glauben, handeln zu können, betäubt und mir einen Augenblick der Ruhe erkauft; vielleicht war ich auch zu erschöpft, um überhaupt Angst zu empfinden? Gleich beim Betreten der Wohnung schlug mir erneut dieser typische Geruch einer verlassenen Behausung entgegen, aus der alles Leben verschwunden ist, in der die Zeit jegliche menschliche Spur getilgt hat. Und ich ertappte mich bei dem Gefühl, dass ich mich mit dem Zuschlagen der Tür gleichsam für immer unter einer dicken Erdschicht begraben habe, machte aber für dieses Gefühl meine Hysterie verantwortlich und verdrängte sie mit aller Gewalt, zwang mich, sie zu vergessen, was mir schließlich auch gelang.

Um irgendetwas zu tun, um mir jegliche Untätigkeit zu verbieten und die Stunden, die mich noch von der Nacht trennten, auszufüllen, müde zu werden vor dem Schlafengehen, begann ich, die Stöße von Zeitungen und Papierkram auf den Regalen neben dem Schreibtisch zu ordnen. Als ich den Staub von ihnen wischte (der zuvor noch nie da gewesen war, ich schwöre es: Meine Haushälterin staubte das alles oft und gründlich ab, verärgerte mich dabei gewöhnlich mit ihrer Pedanterie), spürte ich nicht einmal, wie mir der Staub in die Nase kroch, und bemerkte auch nicht, dass er nur kurz aufstieg und sich wieder auf den Papieren und Gegenständen niederließ. Man wurde seiner nicht Herr, so als habe er sich über viele Jahre angesammelt; ich wiederhole, dass ich es nicht bemerkte, da ich nur von dem einen, einzigen Gedanken besessen war, mich in aller Ruhe auszuschlafen, mich gut, sehr gut auszuschlafen, dann wäre der nächste Tag sofort besser, und mir würde zweifellos irgendetwas einfallen; ich hatte mir doch einmal erlaubt, Małgorzata zu folgen, und wusste daher, wo sie wohnte, es wäre überhaupt nicht so schwierig, dorthin zu gelangen, wenn ich es nur schaffte, bis zum nächsten Tag durchzuhalten, denn ich musste schließlich den Schlüssel zur Lösung meiner Geschichte finden. Und da entglitt plötzlich den durchgesehenen Papieren ein kleines Foto – vom Format her ein Amateurfoto – und fiel zu Boden. Ich hätte es wohl nicht einmal bemerkt, zumindest nicht sofort, wenn nicht etwas Weißes aufgeblitzt wäre, denn es war mit der Vorderseite auf den Boden gefallen. Von einem merkwürdigen Gefühl erfasst, das wie ein Stich mitten ins Herz war, hob ich das Foto vorsichtig auf und ging in die Mitte des Zimmers zur Lampe, um es mir genauer anzusehen; es hatte an Schärfe verloren, so als hätten Feuchtigkeit und Staub die glänzende Beschichtung angegriffen, mit der die Vorderseite immer überzogen ist, aber ich erkannte das Gesicht sofort, hätte es im Übrigen auch erkannt, wenn das Foto noch stärker beschädigt gewesen wäre, hatte ich doch dieses Gesicht wie auf einer Filmrolle im Gedächtnis gespeichert: Es war Małgorzata.

Nein, nie hatte sich ihr Bild zwischen diesen Papieren befunden, darauf hätte ich meinen Kopf verwettet. Natürlich entsann ich mich, dass ich die Aufnahme machte, kurz nachdem ich herausgefunden hatte, wo Małgorzata wohnte; ich hatte mich daran schon vor ein paar Tagen erinnert, eben nach jener ersten Begegnung im Treppenhaus und nachdem ich den Brief mit Walters Unterschrift gelesen hatte, den mir die Unbekannte, die mich mit *Roman* ansprach, überbrachte, genauer: als ich in meinem Gedächtnis nach dem Gesicht suchte, dem ihr Gesicht zum Verwechseln ähnlich war, eben da hatte ich mich schon an das Foto erinnert und gleichzeitig an alles andere, was sich mit jener weit zurückliegenden Begebenheit verband: wie ich Małgorzata in das Villenviertel folgte und wie ich am nächsten Tag auf der gegenüberliegenden Straßenseite in einer Toreinfahrt versteckt stand, als sie im Regenmantel aus dem Haus kam und Richtung Stadtmitte ging, in der Hand eine vollgestopfte Aktentasche. Aber da hatte ich bereits zweifelsfrei erkannt, dass es vollkommen sinnlos gewesen wäre, nach Małgorzatas Foto zu suchen, denn auch wenn ich mich erinnerte, es nicht weggeworfen zu haben, war ich doch so oft umgezogen, dass es nicht nur einmal, sondern tausendmal hatte verloren gehen können, im Übrigen hatte ich oft in meinen Papieren gekramt, da ich von Zeit zu Zeit etwas suchte, und war in all den Jahren nie auf dieses Foto gestoßen, das erst jetzt, wie von einem verborgenen, geheimnisvollen Leben erfüllt, auf sich aufmerksam machte, indem es zu Boden fiel.

Mein Gott! Ständig sage ich »nie«. Nie habe in meiner Wohnung Staub auf Möbeln und Papieren gelegen, nie hätte ich den entsetzlichen Geruch wahrgenommen, über dessen Ursache ich erst seit wenigen Tagen ständig nachgrübelte, nie zuvor sei ich auf Małgorzatas Foto gestoßen, obwohl ich des Öfteren in den Papieren, aus denen es herausgefallen war, gewühlt hatte; ich weiß nicht, wie lange man dieses »Nie« wiederholen kann, bis es lächerlich wird, aber ich kann nichts dagegen tun. Ständig stolperte ich über dieses »Nie zuvor«, sodass ich schließlich meine Zweifel hatte, ob der Mensch, der einst zu Walters Gruppe gehört hatte und dessen Leben vielleicht auf seltsame Weise abriss, nachdem ihn bei einer Razzia die Deutschen festgenommen hatten und er in dieser fast eine Woche dauernden, dichten, alles verschlingenden Dunkelheit immer wieder von der Gestapo geschlagen worden war, weil sie ihm eine Aussage abpressen wollte, und der dann von Walters Brief, den er zwanzig Jahre später erhielt, aufs Neue zum Leben erweckt wurde, ob dieser Mensch – ich wiederhole: ich hatte meine Zweifel daran – identisch sein konnte mit dem Menschen, der sein ödes Dasein mit der Deportation in ein Lager begann und später das bescheidene und langweilige Leben eines Studenten, Bibliothekars und schließlich wissenschaftlichen Mitarbeiters führte, der in den zwanzig Nachkriegsjahren einsam und bescheiden lebte, bis zu jener denkwürdigen Begegnung im Treppenhaus; ich hatte meine Zweifel, ja, ich hegte starke Zweifel, und es begann mich der lästige Gedanke zu verfolgen, dass ich, sollte ich im einen wie im anderen Fall dieselbe Person sein, dennoch gleichsam in zwei unabhängigen zeitlichen Dimensionen gelebt hatte und sich nur einige Bruchstücke meines Bewusstseins und meines Gedächtnisses von einer Dimension in die andere verlagert hatten, daher diese ständige quälende Konfrontation mit den verschiedensten Gegensätzen und Überraschungen, daher diese erstaunliche Behauptung: »Nie zuvor«, aber lassen wir das, derartige Spekulationen führen zu nichts, glaube ich.

Ich hielt Małgorzatas Foto dicht vor meine Augen, starrte es an, bis sich ein Schmerz langsam von meinen Pupillen bis ins Schädelinnere bohrte, bis mir schwindelig wurde, Schwäche mich erfasste und mir die Kehle trocken wurde, immer trockener. Dieses schmale und durch die seitliche oder auch verwackelte Aufnahme übermäßig in die Länge gezogene Gesicht war erfüllt von einer traurigen Nachdenklichkeit, wie das Gesicht der jungen Frau, die mir unlängst im Treppenhaus begegnet war, und die Augen blickten ins Nichts.

Wenn ich gesagt habe, dass das Herausfallen des Bildes sich mit einer unbestimmten Vorahnung verband, die gleichsam noch in mir entstehen sollte, bevor ich das Foto aufhob und betrachtete, so glaube ich, dass ich mich nicht präzise genug ausgedrückt habe, es war in jenem Moment wohl mehr als eine Vorahnung, ich glaube, es war sogar eine absolute Sicherheit, dass ich vom Boden Małgorzatas Bild aufheben würde, als Vorahnung würde ich hingegen das bezeichnen, was ich einen kurzen Augenblick später erlebte, als ich mit zusammengekniffenen Augen unter der Lampe stand und versuchte, ihren ins Nichts gerichteten Blick aufzufangen. Das eben war eine unbestimmte, unklare, vage Vorahnung, die zusammen mit dem Schmerz, der von den Pupillen ausging, in den Schädel eindrang, ja, zweifellos, würde ich sagen, eine Vorahnung von etwas, das nahte oder aber längst vorbei und vergessen war, und was das Gedächtnis aus einst gespeicherten Fragmenten neu zusammenzusetzen versuchte, nur dass es momentan dazu noch nicht fähig oder geneigt war (unabhängig übrigens vom Willen), was sich früher oder später aber zu einem logischen Ganzen zusammenfügen würde; wie ich bereits erwähnt habe, wurde sie (ich spreche die ganze Zeit von dieser Vorahnung) begleitet von einer plötzlichen Schwäche, was unerträglich war; von einem Augenblick zum nächsten waren Hals und Rachen angespannt und staubtrocken, das Blut schoss mir in den Kopf, das Herz schlug laut, gleichsam wie eine Uhr; diese ganze Physiologie, die deutlich machte, dass der eigene Organismus zwar funktionierte, man ihn aber nicht beherrschen konnte – das war das Unerträglichste. Da warf ich Małgorzatas Bild auf den Tisch, wo bereits seit drei Tagen dieser verhängnisvolle, maschinengeschriebene Brief von Walter lag. Wieder tastete ich nach einer der Flaschen hinter dem Schrank, trank einen Schluck Wodka, und sofort, gleichsam im Handumdrehen, ging es mir besser; ich war wohl wirklich zu erschöpft, um das alles noch einen Augenblick länger auszuhalten, vermute ich. Und ohne Abendbrot zu essen, wusch ich mich rasch und legte mich hin; ich kann mich nicht erinnern, ob ich in jener Nacht etwas träumte, wohl nicht.

Der nächste Tag war wie der vorangegangene. Eine plötzliche Flut grellen, stechenden Lichts, als ich, vom Klingeln des Telefons geweckt, die Augen aufschlug, und für einige Sekunden das zähe Ringen mit dem Gedanken, dass ich wohl oder übel diese höllische Anstrengung würde unternehmen müssen, gegen die sich alles sperrte – die Muskeln, die Knochen, jedes einzelne Atom meines Körpers –, dass ich aufstehen musste, denn dieses lästige Klingeln erlaubte mir nicht mehr, mich wieder in das Vergessen zurückzuziehen, das mir die Stunden des Schlafes beschert hatten; im Übrigen war es bereits später Vormittag, und nachdem ich aus dem Bett gesprungen war, schleppte ich mich, vor Kälte zitternd, zur Mitte des Zimmers, nahm den Hörer ab, und auf die Frage, wie es mir ginge und ob ich mich schon besser fühlte, erwiderte ich, übrigens der Wahrheit entsprechend, dass es mir überhaupt noch nicht besser ginge, ich im Bett läge; der Anrufer war einer meiner Arbeitskollegen – keine Ahnung, woher die uneigennützige Besorgtheit dieses Hundesohnes rührte, der mich schon einige Male von meiner Stelle hatte verdrängen wollen.

Dann wusch ich mich rasch und zog mich an. Das Zimmer war so ausgekühlt, als ob draußen Frost herrschte. Schmerzhaft stechende Eisnadeln piesackten meinen Körper, obwohl die Sonne schon seitlich durch die Fensterscheiben schien. Ich schenkte mir ein Gläschen Danziger Goldwasser ein, das ich mit Spiritus mischte und trank; im Magen verspürte ich einen Schmerz, als hätte ich geschmolzenes Blei geschluckt, und gleich darauf einen geradezu bestialischen Hunger. Frühstücken konnte ich jedoch nicht, denn ich hatte am Tag zuvor nichts eingekauft, und das, was ich in der Küche fand, war nicht frisch, roch nicht mehr gut und eignete sich nur noch zum Wegwerfen. Ich lief also in die nächste Milchbar, wo ich etwas aß. Aber was? Daran erinnere ich mich nicht mehr, obwohl ich mich genau entsinne, dass ich ab dem Aufstehen allen nacheinander erledigten Arbeiten meine ganze Aufmerksamkeit widmete, mich ganz von ihnen in Anspruch nehmen ließ, um zumindest vorübergehend, für eine gewisse Zeit, mein Bewusstsein von dem Zwang zu befreien, an das auf dem Tisch liegende Bild zu denken, und daran, was mich im Laufe der nächsten Stunden erwartete, als könnte eine solche Schonung der Nerven in meiner Situation etwas ändern – was für eine übertriebene Vorsicht, geradezu lächerlich.

Sofort nach dem Frühstück hatte ich die Absicht, mich dorthin zu begeben, ans andere Ende der Stadt, wohin ich vor zwanzig Jahren gegangen war, aber nachdem ich die Milchbar verlassen hatte, fiel mir ein, dass ich Małgorzatas Foto benötigen könnte, kehrte nach Hause zurück, steckte es in die Tasche, trank nach kurzer Überlegung wieder ein wenig mit Spiritus angereichertes Danziger Goldwasser (sogleich wurde in mir die Wärme intensiver, der Himmel draußen wurde für einen Augenblick ockerfarben und schien in der Glut schmelzend wie goldener Regen über die Dächer zu rinnen), und als ich erneut aus dem Haus ging, spürte ich keine Kälte mehr; ohne zu zögern, fuhr ich direkt an den Ort, wo ich Małgorzata das letzte Mal gesehen hatte, eben dort, wo ich an jenem Tag, als ich das Foto machte, von den auf der Straße spielenden Kindern erfuhr, wem das Haus gehörte, nämlich einem gewissen Doktor Iwaszyński, und dass die junge Frau, die ich ihnen so genau wie möglich beschrieb, ein Familienmitglied war. (Was für eine verhängnisvolle Unvernunft! Sie hätten mich für einen Polizeispitzel halten können, der sich nach jemandem erkundigte! In jenen schrecklichen Zeiten wussten sogar schon die Kinder, wonach es roch, wenn mir nichts, dir nichts eine unbekannte Person auftauchte und sich in der Umgebung und bei den Nachbarn nach jemandem erkundigte. Was für ein unredliches Verhalten außerdem gegenüber den anderen in der Gruppe! Da ich nun wusste, wo Małgorzata wohnte, bestand nämlich immer die tragische Gefahr, dass ich, sollte ich bei der Aktion oder auch zufällig vom Feind geschnappt werden, die Folter nicht aushielt und sie verriet. Ich erinnere mich, dass manchmal sogar Stärkere als ich zusammenbrachen. Ich weiß nicht, ob mir das damals, vor zwanzig Jahren, in den Sinn kam, wohl nicht, aber nach diesen zwanzig Jahren, als ich erneut dorthin fuhr, dachte ich während der ganzen Fahrt an nichts anderes, nur daran.) Die Straße zu finden bereitete mir keine besonderen Schwierigkeiten, denn der Stadtteil war erst vor Kurzem mit der übrigen Stadt zusammengewachsen (die Vorstadt war während des Warschauer Aufstands 1944 nicht allzu sehr zerstört worden), und ich erkannte das Haus sofort.

Eine ganze Weile stand ich vor dem Gartentürchen und dem verrosteten Zaun, hinter dem sich eine fast kahle Maulbeerhecke entlangzog. Durch die Zweige sah man einen kleinen verwilderten Garten, und darin stand auf einer Grundmauer aus glasierten Ziegelsteinen eine Villa von recht beachtlichen Ausmaßen, an der weiter oben bereits der Verputz abblätterte und die durch ihren verwahrlosten Eindruck verriet, dass die Besitzer verarmt waren oder – was wahrscheinlicher war, weil es bei uns am häufigsten vorkam – drei Viertel des Wohnraumes nach dem Krieg von fremden Leuten, die irgendwo anders ihr eigenes Dach über dem Kopf verloren hatten, in Beschlag genommen worden waren, und jetzt hatte niemand Lust und Zeit, sich um das Haus zu kümmern. Meinen ersten Eindruck bestärkte im Übrigen ein Blick auf den Pfosten neben dem Gartentürchen, wo neben der Klingel etwa ein Dutzend Namen standen, auf Metallschildchen oder einfach mit der Schreibmaschine auf weiße Pappschildchen geschrieben und mit Klarsichtfolie überklebt, mit der Zusatzinformation, wie oft man bei wem klingeln musste. Den Namen Iwaszyński fand ich nicht darunter. Wieder wurde mir kalt.

Der Himmel hatte längst seine feurige Farbe verloren, war grau geworden, die kleine Straße war menschenleer und trostlos, der Wind trieb das trockene, trichterförmig zusammengerollte Laub über den Bürgersteig. Ich schaute mich um, niemand war zu sehen. Ich wollte schon läuten – mir war ganz gleich, wer öffnen würde –, als ich aus dem Garten eine Stimme hörte: »Die Klingel ist kaputt, Sie brauchen gar nicht zu warten. Das Gartentürchen ist offen. Man muss nur am Griff drehen«, was ich auch tat, aber erst als ich drinnen war, sah ich, dass mir dies eine kleine, kräftige Frau zugerufen hatte, die neben dem Haus Wäsche aufhängte.

Die Frau warf mir nur einen flüchtigen Blick zu, der nicht den Wunsch verriet, sich weiter mit mir zu befassen. Mit abgearbeiteten, von der Kälte geröteten Händen schüttelte sie die nassen Wäschestücke aus der Waschschüssel laut knallend in der Luft aus und drehte hin und wieder den Kopf, um die Kinder zurechtzuweisen, die ich von da, wo ich stand, nicht sehen konnte. Einen Moment lang überlegte ich, was ich weiter tun sollte, aber ich konnte doch nicht auf der Suche nach Informationen von Wohnung zu

Wohnung laufen, also ging ich zu der Frau und fragte, ob in diesem Haus ein Doktor Iwaszyński wohne. »Wie? Iwaszyński?« war ihre ziemlich unwirsche Reaktion, obwohl ich so höflich wie irgend möglich gefragt hatte. »Ein Doktor?« wiederholte sie, klemmte sich eine Wäscheklammer aus Holz zwischen die Lippen – da ihre Hände wieder mit einem Bettlaken beschäftigt waren, das sie besorgt gegen das Licht hielt, bestimmt, um es nach fadenscheinigen Stellen abzusuchen – und murmelte kaum verständlich, dass es hier zwar einen Doktor gebe, aber mit vollkommen anderem Namen, und dass das so einer für Hunde und Katzen sei, sie im Übrigen noch nicht so lange hier wohne und nichts wisse; ich begriff sehr schnell, dass das eine einfache Frau war und ich sie nicht bei bester Laune angetroffen hatte. Immer noch stand ich unentschlossen da, bis ich, aus Angst, dass sie ging, denn die Wäsche in der Waschschüssel wurde rasch weniger, fragte: »Und der Hausmeister? Gibt es einen Hausmeister?« Worauf sie erwiderte: »Mit dem können Sie nicht rechnen. Der hat sich seit heute Morgen besoffen wie ein Vieh und schläft im Heizungskeller. Heute wird den ersten Tag geheizt, dort hat er's warm, bei uns oben ist es nämlich verdammt kalt. Aber was wollen Sie eigentlich?«; durch ihre erstaunliche Unfreundlichkeit verärgerte sie nun auch mich, ich hatte mich allerdings gleich wieder in der Gewalt. Ich zog Małgorzatas Foto aus der Tasche und sagte, dass ich die Familie von Doktor Iwaszyński suchte, »eigentlich diese Frau hier«. Ich hielt ihr das Foto unter die Nase und fügte erklärend hinzu, dass sie bei den Iwaszyńskis gewohnt habe, worauf die Frau erwiderte, dass sie niemanden mit diesem Namen kenne, aber sie sagte es bereits ohne die anfängliche Arroganz und den Unwillen; und während sie das Foto aufmerksam betrachtete (es schien sie zu interessieren) und es mir dann vorsichtig aus der Hand nahm, damit es nicht feucht wurde, sagte sie: »Hübsche Person. Die suchen Sie? Nein, die hab ich noch nie gesehen. Aber ich wohne erst seit Kurzem hier«, worauf ich meinte: »Erst seit Kurzem, sagen Sie?«, und dabei überlegte, wie ich das Gespräch in Gang halten könnte. »Seit drei Jahren«, erwiderte sie, »aber es gibt Leute, die hier schon seit den Fünfzigern wohnen«, und ich darauf: »Das nennen Sie ›nicht lange‹? Im Laufe von drei Jahren nicht erfahren zu haben, mit wem man in einem Haus wohnt?«, und sie meinte: »Aber was geht Sie das an?! Spitzel oder wie?«, worauf ich so versöhnlich wie möglich entgegnete: »Ich bitte vielmals um Entschuldigung, ich wollte Sie nicht beleidigen. Vielleicht können Sie mir nur sagen, von wem ich etwas erfahren könnte …« Sie gab mir das Foto zurück und sagte, noch immer heftig, aber nicht mehr böse: »Sie glauben mir nicht, wenn ich Ihnen sage, dass Sie weder diesen Doktor noch diese junge Frau hier finden werden. Was sind Sie nur für ein Mensch! Im Übrigen hab ich keine Zeit, fragen Sie den da«, und sie machte eine energische Kopfbewegung zur Seite.

Ich drehte mich in die angezeigte Richtung und erblickte einen elegant gekleideten älteren Herrn. Er stand auf dem Pfad, der aus dem Garten führte. Mir fiel auf, dass er so dastand, als hätte er mich schon länger beobachtet, noch bevor die Frau mich auf ihn aufmerksam gemacht hatte, und seine Augen drückten Unruhe aus, aber als er merkte, dass ich ihn ansah, bewegte er sich sofort in einem merkwürdig raschen Gang auf mich zu, halb hinkend, halb hüpfend, man konnte es auch als eine Art von Verbeugungen deuten. Schon seit einer ganzen Weile überliefen meinen Körper mal hier, mal da kribbelnde Kälteschauer, ich fühlte mich unwohl, schwach und niedergeschlagen, versuchte jedoch, mich zusammenzureißen, zu lächeln und zumindest eine möglichst ermunternde Miene zu machen, aber die Unruhe verschwand nicht aus seinen Augen. Wir gingen aufeinander zu, und als wir nur noch wenige Schritte voneinander entfernt waren, fragte er, indem er einer Frage meinerseits zuvorkam: »Sind Sie vom Wohnungsamt?« Aber ich musste wohl in dem Moment ein so erstauntes Gesicht gemacht haben, dass er sogleich rasch hinzufügte: »Wegen der Wohnung im ersten Stock?«

Worauf ich trocken erwiderte: »Nein«, denn aus der Nähe wirkte er auf mich ziemlich abstoßend, seine elegante Kleidung sah irgendwie zusammengestückelt aus und war des Öfteren geflickt worden, sein Gesicht hingegen drückte Unterwürfigkeit aus. »Ich bin von der Presse«, sagte ich und stellte mich völlig unnötigerweise vor: »Wacław Konradius«, worauf er: »Ach, Herr Konradius! Natürlich, hab Ihre Artikel gelesen, hab sie gelesen! Ich fühle mich geehrt«, womit er mich fast belustigte (er machte geradezu krampfartige Verrenkungen vor mir), »kann ich der Zeitung mit etwas dienen? Sie wünschen? Gehen wir doch bitte zu mir. Das ist hier im Erdgeschoss. Ich war sicher, dass endlich jemand wegen dieser Wohnung oben kommen würde. So oft habe ich schon an das Wohnungsamt geschrieben. An die Presse natürlich auch.« Von seinem Redeschwall überschüttet, folgte ich ihm fast gehorsam, und obwohl ich mich nicht erinnere, dass er sich vorgestellt hätte, so schien es mir doch im ersten Moment, dass er der Besitzer des Anwesens war – wenn er mit den Behörden wegen der Wohnungen in dem Haus verhandelte – und dass ich endlich auf der richtigen Fährte war; könnte so vielleicht Małgorzatas Vater ausgesehen haben? Nein, was für eine idiotische Annahme, dachte ich, und die kribbelnden Schauer durchströmten schließlich meinen ganzen Körper; ich schlotterte vor Kälte.

Über eine ausgetretene, verwitterte Treppe, die einst eine Küchen- oder Gartentreppe gewesen sein musste (bräunliche Grasbüschel und Brennnesseln wuchsen aus ihren Steinritzen), gelangten wir in einen ziemlich langen, dunklen Korridor mit verrußten Wänden. Der Geruch bitterer Armut, gemischt mit dem Geruch nach Kohl und Seifenlauge, verursachte mir Schwindel. Ich stützte mich an der Wand ab und bekam feuchten Schmutz unter meine Fingernägel, ich konnte kaum etwas sehen, denn die Scheiben der kleinen Fenster waren mit einer grauen Staubschicht bedeckt, und das schwache Licht von draußen verstärkte sich nur auf ein paar getrockneten Weidenkätzchenzweigen, die hinter einem billigen Heiligenbild steckten.

Der Mann führte mich in ein geräumiges Zimmer, das den früheren Bewohnern einst als Salon gedient haben mochte – ich schaute mich ratlos um; eine Rumpelkammer, wie sie mir wohl seit Jahren nicht untergekommen war, und genau wie auf dem Korridor der gleiche säuerliche Geruch nach morschem altem Kram, wenngleich ohne Küchendünste. »Dann kommen Sie also nicht wegen der Wohnung oben«, sagte der Mann erneut, obwohl ich vermute, dass er auch während der ganzen Zeit gequasselt hatte, als wir den Gartenweg und dann den Korridor entlanggingen, nur dass ich mich daran nicht erinnerte, aber vielleicht hatte ich auch überhaupt nicht zugehört, da ich mich umgesehen hatte, und wandte ihm erst im Zimmer wieder meine Aufmerksamkeit zu: »Nein. Ich komme wegen der Familie von Doktor Iwaszyński.« – »Eben, eben, das dachte ich mir. Die Iwaszyńska, die Frau des

Doktors, war die Schwester meiner Frau. Daher meine Bemühungen um die Wohnung oben. Ich wusste sofort, dass Sie deswegen gekommen sind«, sagte er höchst zufrieden, und wieder wollte ich widersprechen, hielt mich aber augenblicklich zurück, sollte er ruhig weiterquasseln, es lief alles gar nicht so schlecht, denn ich war doch immerhin an der richtigen Adresse, dachte ich, als ich mich in einen Sessel setzte, von dem er zuvor einen Stoß mit Papierkram genommen und einfach auf den Boden geworfen hatte; meinen Mantel zog ich nicht aus. Die durchdringende Kälte hatte mich nun vollends erfasst, ich fühlte mich steif bis ins Mark und konnte nur mit Müh und Not mein Zittern unter Kontrolle halten, damit der Hausherr es nicht bemerkte.

Zum ersten Mal kam mir nun der Gedanke, dass ich wohl wirklich krank sei, und sogleich … dass ich gern etwas trinken würde, worauf er, als hätte er meinen Wunsch erraten, für einen Augenblick seinen Redeschwall unterbrach und fragte: »Vielleicht einen Tee?«, aber ich lehnte sein Angebot dankend ab; drei schlecht gespülte Gläser und ein fleckiger Wasserkessel auf einem unwahrscheinlich fettverschmierten Tischchen, nein, das war nicht einladend.

Alsbald wusste ich auch schon über die Verschwägerung des Mannes mit der Familie Iwaszyński Bescheid, erfuhr von einer großen Dankesschuld des Doktors ihm gegenüber, da er noch vor Kriegsende bei ihnen eingezogen war und ihnen damit natürlich einen Gefallen getan hatte, sodass ihm nun wohl eine etwas größere Bleibe zustand. »Sie sehen es selbst, wie kann denn ein intelligenter Mensch unter solch schrecklichen Bedingungen, so beengt leben?«, er streckte die Arme aus und zeigte auf die Bücherstöße, die sich die Wände entlang und auf den Möbeln türmten, wirklich einer neben dem anderen; der Raum zeugte nicht nur von deutlich fehlendem Geschmack, sondern auch von einem merkwürdigen Hang zu unnützen Gegenständen. Auf dem Schrank erblickte ich zwei Vogelkäfige, leer natürlich, an den Wänden hingen Glasrahmen mit aufgespießten Schmetterlingen darin und bildeten mit einigen an Piranesi angelehnten Stichen sowie zwei Porträtbildern von Lenin und Dserschinski ein seltsames Mosaik. Über dem Tisch hing zwischen Spinnweben ein schmiedeeiserner Kronleuchter aus dem frühen neunzehnten Jahrhundert, ein klägliches Relikt aus besseren Zeiten an der fleckigen Zimmerdecke (und die Flecken waren sicherlich ein Andenken an Schaumweinfontänen, die aus Flaschen spritzten), auf der Kredenz standen Arzneimittel- und Vichywasser-Fläschchen, und zwischen all dem irrte mein Blick umher, während der Mann quasselte und quasselte, sodass ich dann auch erfuhr, dass Iwaszyński während des Aufstands von den Deutschen umgebracht worden war, dass er eine ehrliche Haut, aber einfältig gewesen sei – denn wozu hatte er sich auf seine alten Tage noch in fremde Angelegenheiten einmischen müssen –, dass seine Frau kurz nach dem Krieg gestorben war und dass sie niemanden gehabt hatten, nur diese eine Cousine, die bei ihnen wohnte, Cousine, ach was, sie gab sich nur als Verwandte aus und nahm nun zusammen mit ihren Bälgern, die sie wer weiß wo aufgelesen hatte, eine halbe Etage in Beschlag; und da begann plötzlich die kalte Erstarrung gleichsam aus meinen Beinen und Armen zu weichen, und noch bevor ich mich erleichtert in seinem weichen, wackeligen und quietschenden Sessel zurücklehnte, in den er mich sogleich genötigt hatte, hörte ich erstaunt meine eigene Stimme, wie sie leise, ruhig und kühl, beherrscht und dennoch durchdringend das ungebremste Gequassel des Hausherrn unterbrach: »Ich würde gern etwas trinken«, bemerkte auch sofort mit ebensolchem Erstaunen, wie der Alte in einem überaus freundlichen, verständnisvollen Lächeln sein Gesicht in Falten legte, und begriff, dass er mit mir sprach: »Ja, das hätten Sie doch sagen müssen. Denn heute ist es so kalt. Es wird zwar den ersten Tag geheizt, aber bei mir sind die Heizkörper noch abgedreht, denn sie sind undicht.« Dann holte er hinter dem Schrank eine Flasche mit abgerissenem Etikett hervor, bestimmt eine Weinflasche, schenkte eine dunkle Flüssigkeit in ein Glas ein, reichte es mir, und ich leerte es – es war selbstgebrannter Wodka, und sofort löste sich dieses krankhafte innere Zittern auf, das ich nicht hatte beherrschen können, und ich stellte rasch eine Frage: »Eine Cousine? Sie sagen, das sei eine Cousine des Doktors und seiner Frau? Wie alt ist sie?«

Jetzt weiß ich, dass ich ihn damit ertappt hatte, denn er war von Anfang an überzeugt gewesen, ich sei wegen seines Wohnungsanspruchs gekommen, und war nur dank meines geschickten journalistischen Auftretens, das ich mir zugelegt hatte, um nicht das Ziel meines Besuchs offenzulegen, auf mein anfängliches Interesse hereingefallen, hatte sich irreführen und einwickeln lassen und ließ mich sofort alles wissen, wonach ich ihn im Zusammenhang mit dieser Cousine hätte fragen können. »Wie alt sie ist? Um die sechzig, vielleicht sogar älter. Aber das ist überhaupt keine Cousine. Das ist eine übergeschnappte Freundin der Frau des Doktors, eine unverheiratete Lehrerin mit Kind, und ihre Marotte ist ihr fürs ganze Leben geblieben. Sie hat hier ein Waisenhaus eingerichtet.« Als ich bemerkte, dass ich mich erneut vom Kern der Sache entfernte, sagte ich: »Die Iwaszyńskis hatten doch noch jemanden. Eine Tochter oder sogar zwei Töchter, nicht wahr? Im Alter von jetzt vielleicht … wenn ich mich nicht irre, um die vierzig. Die eine natürlich, denn die andere ist viel jünger«, worauf er erregt ausrief: »Was denn für Töchter?! Da gab es eine, die war adoptiert. Das war diese Tochter von der da oben. Die kam im Krieg um. Aber sonst ist da niemand mehr! Hat die da oben etwa ihre verstorbene Tochter aus dem Grab geholt und benutzt ihre Personalien auf den Behörden, um ein zusätzliches Zimmer in Beschlag zu nehmen?« Es hatte ihm geradezu den Atem verschlagen, bitterböse war er davon überzeugt, dass ihm eine neue Ungerechtigkeit widerfahren sei, und schenkte mir rasch ein zweites Glas Wodka ein, aber ich lehnte ab, denn der Mann kam mir noch abstoßender vor als anfänglich; ich stand auf und fragte, ob ich nach oben gehen könne, denn ich wolle doch ein persönliches Gespräch mit der Frau führen, und er meinte erfreut, doch auch sichtlich besorgt: »Aber werden Sie auch daran denken, was ich gesagt habe?«, und ich erwiderte: »Keine Angst, Sie können ganz beruhigt sein, es wird sich alles klären lassen ...«, und ging, ohne zu warten, dass er mich hinausbegleitete, zur Tür und dann auf den Korridor, wo ich eine Treppe sah, die mir zuvor, als er mich herführte, nicht aufgefallen war; ich ging ein Stockwerk höher und schaute mich um, wo ich klopfen musste, aber es zeigte sich, dass das gar nicht nötig war, denn plötzlich öffnete sich lautlos eine der Türen, und ich hörte, wie jemand mit weicher, leiser und einladender Stimme sagte: »Ich habe schon auf Sie gewartet, kommen Sie herein.«

Nachdem ich das Zimmer betreten hatte, das, im Gegensatz zu dem, was ich unten gesehen hatte, angenehm möbliert und sehr sauber war, schloss eine vollkommen ergraute ältere Frau die Tür hinter mir; noch ehe ich sie anschauen und meiner Verwunderung Ausdruck verleihen konnte, woher sie gewusst hatte, dass ich mich bei ihr melden würde – der Gedanke, dass sie gelauscht haben könnte, lag mir völlig fern –, kam sie mir erneut zuvor, indem sie ungefragt erklärte: »Die Frau, mit der Sie im Garten gesprochen haben, sagte mir, dass sich jemand von der Presse nach den früheren Besitzern erkundige. Sie kommen wegen dieser absurden Ansprüche des Mieters von unten?« Obwohl ich sah, dass sie ruhig war und sogar ein warmherziges, ausgeglichenes Lächeln zeigte, sagte ich, um vielleicht verborgene Ängste zu zerstreuen: »Aber nein. Ich habe nur ganz zufällig von Ihrem Nachbarschaftszwist erfahren. Ich komme in einer vollkommen anderen Angelegenheit. Ich sammle Material aus der Zeit des Zweiten Weltkriegs«, und nannte meinen Namen, worauf sie erwiderte: »Bitte, legen Sie doch ab. Heute wird den ersten Tag geheizt, es ist warm.« Sie sagte es leise, aber diesmal mit einem Anflug von Unwille (vielleicht irre ich mich ja, ich hatte nämlich bemerkt, dass sie von Anfang an ungewöhnlich leise sprach, und später auch, sodass ich des Öfteren gewaltig die Ohren spitzen musste, um sie zu verstehen, vielleicht war es also gar kein Unwille, sondern etwas ganz anderes). Ich legte meinen Mantel ab und setzte mich auf das kleine Sofa, wo sie mir einen Platz angeboten hatte.

Ich muss wohl einen Moment überlegt haben, womit ich beginnen sollte, aber einen recht kurzen Moment, wie ich meine, denn er reichte mir kaum zu der Feststellung, dass ich ihr noch nie im Leben begegnet war, aber in ihren Gesichtszügen eine Ähnlichkeit mit jemandem bemerkte, den ich kannte; der kurze Moment reichte auch nicht, um mir darüber klar zu werden, was sich hinter der plötzlich aufkeimenden Vorahnung verbarg: dass ich es hier mit einer Person zu tun hatte, die eine echte Blutsverwandte Małgorzatas war, vielleicht sogar ihre Mutter, denn ich hatte nicht vergessen, was der Alte aus der Parterrewohnung gefaselt hatte.

All das, was mir, neben vielen anderen Dingen, in diesem kurzen Moment durch den Kopf ging, füllte mich so sehr aus, dass mir keine Zeit mehr blieb, die richtige Form für ein Gespräch oder ein Interview zu finden (wie auch immer man das jetzt nennen mochte); das Schweigen konnte man nicht noch weiter in die Länge ziehen, und deshalb holte ich, ohne lange zu überlegen, Małgorzatas Foto aus der Tasche, gab es der Frau und sagte: »Sie kennen dieses junge Mädchen, nicht wahr?«, und ich bemerkte, wie sich im nächsten Augenblick ihr Gesicht verzerrte, die Wangen einfielen, die Pupillen sich zurückzuziehen schienen, wobei ich gleichzeitig hörte: »Dieses Foto kenne ich nicht. Woher haben Sie es? Die Aktentasche, die Małgorzata hier unter dem Arm trägt, hatte sie einige Tage vor ihrem Tod mit nach Hause gebracht und gleich am nächsten Tag wieder mitgenommen. Das Foto wurde vor unserem Gartentürchen gemacht, ich erkenne es wieder. Woher haben Sie es?«

Ich glaube, auf eine solche Frage war ich am allerwenigsten vorbereitet, ich weiß nicht einmal, ob ich überhaupt auf eine Frage vorbereitet war, ich hatte eher mich in der Rolle des Fragestellers gesehen und wurde zweifellos deshalb verlegen und murmelte: »Das ist im Moment für diese Sache von keinerlei Bedeutung«, aber die Frau wiederholte ihre Frage noch einmal eindringlicher und fügte hinzu: »Ich bin schließlich ihre Mutter. Das ist das letzte Foto von Małgorzata, soviel ich weiß. Kurz vor ihrem Tod aufgenommen«, und ich spürte, wie mir das Blut in den Kopf schoss, empfand Schrecken und Panik; und da ich glaubte, dass ich ihr auf keinen Fall die Wahrheit sagen könne und dass diese alte Geschichte, wenn ich mir nicht sofort etwas möglichst Plausibles ausdachte, in den Augen der Frau ein schlechtes Licht auf mich werfen würde, log ich: »Ich habe es gefunden«, und fügte, um beharrlichen Nachfragen zuvorzukommen, sofort hinzu: »In alten Gestapo-Akten«, und sie sagte: »Oh Gott, dann hatte man sie also schon früher verfolgt. Ihre Verhaftung hatte also nichts mit der letzten, fehlgeschlagenen Aktion ihrer Gruppe zu tun. Man hätte sie noch retten können. Oh Gott«, und schloss die Augen, schlug die Hände vors Gesicht und schwieg lange! Ich atmete erleichtert auf.

Das ganze Gespräch jedoch, das sich später entspann, als Małgorzatas Mutter (so werde ich sie nun der Einfachheit halber nennen) schließlich die Hände vom Gesicht nahm, sie mit einer schwachen, schicksalsergebenen Bewegung auf die Knie legte und mich wieder ruhig, zumindest relativ ruhig, anschaute, falls das Ruhe und nicht Resignation war, dieses Gespräch nun, das möchte ich betonen, habe ich nur in Wortfetzen in Erinnerung, denn nach einer kurzen Erleichterung, für den Bruchteil einer Sekunde, schoss mir erneut das Blut in den Kopf, irgendein Detail in einem der letzten Sätze der Frau, das ich nicht gleich gedanklich wiederholen konnte, da es mir entglitt, machte dieses Gefühl der Erleichterung vollkommen zunichte, und an dieses Gespräch erinnere ich mich und höre es nun, als sei es in Dunkelheit und Nebel geführt worden wie die blinde Suche nach einer schon verwischten, selbst bei hellem Licht unsichtbaren Spur; in einem zähen, kalten Nebel, der aus den entlegensten Winkeln der Erde hervorbrach, wo die von seinem Gewicht erdrückten Ereignisse von vor zwanzig Jahren lagerten, und der nun, nachdem sich, wozu auch immer, ein schmaler Spalt geöffnet hatte, all seine giftigen Dämpfe verströmte; in diesem Nebel, das möchte ich betonen, wurde das Gespräch zu Ende geführt, dennoch konnte ich der Frau zwei Eröffnungsfragen stellen; die erste Frage, die das bestätigte, was ich bereits wusste: »Sind Sie Małgorzatas Mutter?«, worauf sie mir erwiderte, dass sie dies bereits seit Jahren nicht mehr verheimlichen müsse; sie sei nicht verheiratet gewesen, als Małgorzata geboren wurde, und ihr Vater verschwand, nachdem er von seiner Vaterschaft erfahren hatte (in jenen Zeiten habe das bedeutet, mein Gott, was, das wisse ich ja wohl selbst, dass sie nicht weiter in der Schule habe unterrichten können, was sie an den Rand der Gesellschaft gedrängt habe), aber damals habe die Frau von Doktor Iwaszyński, eine entfernte Verwandte, sie zu sich genommen und die Kleine adoptiert, da sie selbst keine Kinder hatten, und sie hätten das Mädchen sehr geliebt, im Übrigen hätten alle die Kleine sehr geliebt; und meine nächste Frage: »Hatte Małgorzata nicht noch eine Schwester? Eine jüngere Schwester? Oder gibt es bei Ihnen in der Familie eine Person, die Małgorzata zum Verwechseln ähnlich sieht?«, worauf sie, immer noch mit schwacher und leiser Stimme, aber höchst erstaunt sagte, dass sie nicht verstehe! Wer habe Ähnlichkeit mit Małgorzata? Was das bedeuten solle? Dass ich mir wohl einen Scherz erlaube oder es sich um ein Missverständnis handele, denn es habe keine Verwandten gegeben, keine außer der Frau des Doktors, dass man, auch wenn man mit der Lupe suchen würde, schon seit Langem niemanden mehr finde, ob ich etwa annähme, dass die Person auf dem Foto nicht ihre Tochter sei? Sie erinnere sich doch, wie Małgorzata die Aktentasche nach Hause gebracht habe, es seien Handgranaten darin gewesen, sie habe sie gewarnt, sie gebeten, vorsichtig zu sein; ein paar Tage später habe man sie hier verhaftet in ebenjenem Mantel, und ihr, der Mutter, diesen Mantel später zusammen mit dem Leichnam übergeben ..., und dann fiel mir dieses Detail wieder ein, das dieses Gefühl der Erleichterung zunichtegemacht hatte, das ich empfand, als ich glaubte, es sei mir gelungen, mich mit meiner Antwort auf die Frage, woher ich das Foto hätte, herauszuwinden; ein winziges Detail aus einem der eingangs gesagten Sätze der Frau kam mir sofort wieder in den Sinn, und ich stieß einen Schrei aus, ja, ich muss wohl geschrien haben, denn die Frau warf mir einen erschrockenen Blick zu, und selbst wenn ich keinen Schrei ausgestoßen hatte, so konnte mein Blick diesen Schrei ausgedrückt haben, als ich nur fragte: »Hier verhaftet? Man hat sie hier verhaftet? Wie das denn, ist sie etwa nicht bei der Aktion in der Promienista-Straße ums Leben gekommen?«, und dann folgten nur noch die Antworten der Frau, eigentlich waren es keine Antworten, sondern eine ganze Geschichte, so kühl und ruhig, wie eine Geschichte nur sein kann, wenn der Schmerz bereits abklingen konnte (denn die Frauen sind stärker und widerstandsfähiger als wir, das ganze Leben nehmen sie bereitwillig Verluste hin, den Verlust ihres Kindes, des Mannes, des Geliebten, des Zuhauses, ja, sie sind stärker und können den Schmerz schließlich in sich ersticken). Diese Geschichte war vielleicht sogar völlig logisch, denn sie war zweifellos sehr oft durchdacht worden, und das bis ins kleinste Detail, und zweifellos war sie ebenso oft anderen Menschen erzählt worden; nur ich hörte die Geschichte damals in so wirren Wortfetzen, habe sie so noch heute im Ohr, außerdem durch diese dicke Schicht zähen, kalten Nebels, der mich damals von allen Seiten umgab und in dem Małgorzatas Mutter mir gegenübersaß und redete, manchmal das Gesicht Małgorzatas annahm und manchmal vollkommen ohne Gesicht war, wenn sie sich an ihren eigenen Worten verschluckte, sie mir entgegenschleuderte, sodass sie mich wie Kugeln direkt ins Herz trafen: »... was weiß ich worum es ging ich weiß nicht viel sie hat mir nicht viel erzählt eine Frau erzählt einer Frau nicht viel nicht einmal ihrer Mutter ich wusste dass es nicht viel war eine Frau würde eher einem Mann etwas erzählen ob dort ein Mann war hat sie mir natürlich nicht anvertraut ich dachte das alles habe mit ihrer Jugend zu tun mehr nicht ich dachte dass es um Untergrundarbeit ging das wusste ich wohl aber da waren doch alle dabei was soll's und dann war es schon zu spät ich hätte nicht einmal gewagt mich dem entgegenzustellen tja jeder musste etwas tun was hätte ich sagen können dass sie noch zu jung sei sie hätte mich vermutlich ausgelacht und dann sah ich die Untergrundblätter und die Handgranaten sie überbrachte Briefe es kamen Freundinnen in ihrem Alter die waren auch dort dabei sie waren halt so wie sie waren was red ich denn mutig waren sie so waren eben die Zeiten bei der Aktion nein sie ging allein sie sagte sie ginge ins Kino immer hieß es Kino um in seiner Nähe zu sein glaube ich um in der Nähe zu sein vielleicht beim Schmierestehen ich weiß nicht wie ich das nennen soll das kann man so nennen oder auch anders was red ich denn sonst hätte sie nicht gewusst dass die Jungs bei der Aktion erschossen worden waren also muss sie in der Nähe gewesen sein so dachte ich aber später nein ich weiß es nicht mit Bestimmtheit nur dass Hauptmann Pomian notieren Sie sich das er weiß es ja vom Institut für die Geschichte des Widerstands er befasste sich mit der Angelegenheit mit ihrer auch ihre Aufgabe war es Befehle zu überbringen mehr weiß ich nicht wirklich nicht wohl nicht sie war die Verbindungsperson zur Führung die Verbindungspersonen nahmen an den Aktionen nicht teil das wissen Sie wenn Sie sich damit befassen Hauptmann Pomian hat sich lange mit dieser Sache beschäftigt viele Unterlagen gesammelt es fehlte vieles beispielsweise Informationen darüber wer sie denunziert hat bestimmt derjenige der das Foto gemacht hat nein Pomian hatte es nicht denn er hätte es mir gezeigt er hatte verschiedene Unterlagen als er mit mir sprach ich war ein paar Mal in dem Institut die interessierten sich für alles auch für die Aktion in der Promienista-Straße Sie wissen das denn Sie haben es selbst gesagt Hauptmann

Pomian er sagte das sei das Exekutionskommando gewesen die haben wohl die Verräter und Gestapoagenten getötet die Gestapo muss wohl eine Falle gestellt haben oder es hat es jemand an die Gestapo weitergeleitet sie wurde an jenem Tag verhaftet sie ging vor vierzehn Uhr aus dem Haus und kehrte nach sechzehn Uhr zurück sie setzte sich hin und weinte aber ihre Augen waren trocken bestimmt hatte sie unterwegs schon genug geweint sie hatte eine Verbindungsperson darüber informiert dass die Aktion zwar gescheitert aber doch geglückt sei was ich später von Hauptmann Pomian vom Institut für die Geschichte des Widerstands erfahren habe notieren Sie sich das und von der Gestapo kamen sie gegen siebzehn Uhr und verhafteten sie in diesem Mantel sie saß dort wo Sie jetzt sitzen ich weiß dass sie hätte flüchten können nein ich weiß nicht warum sie nicht geflüchtet ist nein sie haben sie nicht lange gequält ich erinnere mich noch an ihre Augen als sie mich damals so anschaute während sie mit ihnen mitging so als verabschiedete sie sich für immer sie wusste bestimmt was sie erwartete wie sie das machten das wissen Sie bestimmt Sie haben sich mit den Unterlagen vertraut gemacht sie hat sich also in der Zelle erhängt am nächsten Tag lud man mich vor da erst erfuhr ich alles man sagte mir ich solle sie mitnehmen man stellte keine Fragen ob das meine Tochter sei nur ich sagte dass es meine Tochter sei die Frau des Doktors war zu dem Zeitpunkt nicht da sie gaben den Leichnam heraus sie hatte Spuren von Schlägen und blaue Flecken so hatte man sie gefoltert damit sie alles sagte sie gaben auch ihre Wäsche ihr Kleid und ihren Mantel zurück sie hatte überall Blutspuren am Körper Sie wissen was sie dort machten wenn sie einen von unseren Leuten in die Hände bekamen sie hatte Verbrennungen von den Nägeln bis zu den Handwurzeln durch Benzin nein ich habe ihn nicht gereinigt dort hängt er dort bewahre ich ihn auf dort im Schrank dort habe ich ihn zur Erinnerung den Mantel habe ich aufgehoben aber alles andere verbrannt den Rest kennen Sie das hat Hauptmann Pomian beschrieben die ganze Aktion in der Promienista-Straße haben Sie bestimmt in den historischen Bearbeitungen gefunden das haben Sie bestimmt gelesen Sie wissen also auch dass alle an der Aktion Beteiligten umkamen der Gestapomann kam auch dabei um zunächst wusste ich das nicht erst als ich es las nach dem Krieg haben wir sie auf dem Powązki-Friedhof beerdigt in der Nähe der Jungs sah sie zufällig mal ihre Namen kannte ich gar nicht lediglich die Decknamen von einigen nur die vier Gräber blieben was red ich denn fünf was red ich denn sechs so waren die Gepflogenheiten bei den Spezialeinheiten um die vollkommene Anonymität zu wahren viele Menschen kamen zur Beerdigung Hauptmann Pomian kennt die Stelle des Grabes ihre natürlich ihre auch das Institut für die Geschichte des Widerstands hat alle Unterlagen ich habe nur diesen Mantel den Rest habe ich verbrannt Sie haben bestimmt die Unterlagen bereits gelesen dort im Schrank hängt ihr Mantel während dieser zwanzig Jahre konnten die Blutspuren verblassen er hing immer da ich werde ihn immer aufbewahren als Reliquie sie sind verblasst ja sie sind fast verblasst er ist fast sauber so wie damals als sie ihn das letzte Mal trug damals wissen Sie an eben jenem 23. Oktober wissen Sie als man sie vor zwanzig Jahren hier verhaftete ja da wo Sie jetzt sitzen sie saß damals da wo Sie jetzt sitzen da saß sie damals wohin gehen Sie denn jetzt schon wohin gehen Sie denn ach nein bitte nicht nicht anfassen was ist mit Ihnen Sie sind ja so blass ist Ihnen nicht gut gleich hole ich Wasser setzen Sie sich doch gleich ja gleich bringe ich das Wasser gleich geb ich's Ihnen gleich …«, und sie ging hinaus.

Gut, dass sie hinausgegangen ist, dachte ich, ohne die Augen zu öffnen, und immer noch steckte ich tief in den grauen, kalten Nebelschwaden, versuchte aber gleichzeitig mit übermenschlicher Anstrengung, mich daraus zu befreien und aus den abgerissenen Wortfetzen dieser Geschichte irgendwelche (zumindest einigermaßen) logischen Schlüsse zu ziehen, Moment, Moment, überlegte ich, was hatte sie damals an, als sie mir den Brief übergab, die junge Frau im Treppenhaus, natürlich, die junge Frau, wohl einen Staubmantel, nein, einen Regenmantel, ja, genau so einen, und den Kragen hatte sie hochgeschlagen, es sah zufällig so aus wie bei dem Mantel auf dem Kleiderbügel im Schrank, genau so ein Mantel, natürlich, und plötzlich begriff ich, dass nicht nur das Bild Małgorzatas, das ich schon so häufig in Gedanken heraufbeschworen hatte, identisch war mit dem Bild der jungen Frau, der ich vor ein paar Tagen auf dem Treppenabsatz meines Wohnhauses begegnet war, sondern dass auch Małgorzatas Mantel, der mir noch von früher in Erinnerung war und den mir gerade ihre Mutter gezeigt hatte, identisch war mit dem Mantel der Frau, die mir im Treppenhaus begegnet war, falls ich ihr überhaupt irgendwann irgendwo begegnet war – es war zum Verrücktwerden –, aber ich musste ihr schließlich begegnet sein, denn wäre es anders gewesen, wäre das, was passiert war, alles nicht passiert, und ich säße schließlich nicht in dem Zimmer der alten Frau, Małgorzatas Mutter, und hätte mir auch nicht ihre lange, verworrene Geschichte, sondern wahrscheinlich zu Hause Schallplattenmusik oder Musik aus dem Radio angehört, oder aber John von Neumanns Buch zu Ende gelesen, das ich mir vor ein paar Tagen gekauft hatte, natürlich war der Mantel im Schrank der Mantel, den ich unlängst an der jungen Frau auf dem Treppenabsatz gesehen hatte; bei dem Gedanken konnte man wirklich verrückt werden, aber ich musste mich nicht länger damit befassen, denn die alte Frau kam mit einem Glas Wasser aus der Küche zurück, und ich hörte erneut ihre Frage, die einen misstrauischen und argwöhnischen Unterton hatte: »Ist Ihnen nicht gut?« – »Doch«, erwiderte ich ziemlich schwach, damit sie es nicht glaubte und weiterredete: »Sie wurden ganz blass und hatten die Augen geschlossen.« – »Ich bin etwas erkältet«, versuchte ich zu erklären, und sie: »Denn ich dachte schon …«, genauso argwöhnisch, sogar feindselig, wie zuvor. »Nein, es ist nichts, nur eine kleine Grippe. Das nimmt einen schrecklich mit. Es ist wirklich nichts«, sagte ich daraufhin, nahm aber das Wasser und trank es erleichtert, ohne es allerdings wirklich wahrzunehmen, und als ich bemerkte, dass mich die alte Frau höchst wachsam beobachtete, senkte ich den Blick.

Dann fragte sie, ob ich ihr das Foto, das ich von Małgorzata besaß, nicht dalassen könne, ich lehnte ab, also fragte sie, warum, was für mich zunächst schwierig zu erklären war, erst dann sagte ich, dass ich es vielleicht noch brauchte, aber als sie wissen wollte, wozu ich es noch brauchte, antwortete ich ausweichend: »Weiß ich nicht«, denn ich wusste es wirklich nicht, obwohl mir schien, dass ich es immer gewusst hatte, aber in dem Moment, so erinnere ich mich, begriff ich plötzlich, dass ich es eigentlich nie gewusst, sondern immer nur eine unbestimmte, vage Hoffnung gehabt hatte, im Übrigen völlig unklar, worauf, vielleicht darauf, dass ich mit Hilfe des Fotos herausfinden würde, dass alles, was mir passiert war, in Wirklichkeit niemandem passiert war? Ich weiß es nicht,

Unsinn! Denn ich wusste doch bereits, so oder so: Passiert war es, zweifellos.

Und gleich darauf dachte ich, ich müsse so schnell wie möglich verschwinden, ja, so schnell wie möglich, bevor ich zu schreien beginnen und wieder von dem wohlbekannten Zittern befallen würde oder bevor ich mich verplappern und mich dazu bekennen würde, dass ich alles über dieses ganze schreckliche Ereignis wusste, weil ich am 23. Oktober in der Promienista-Straße gewesen war, an der verhängnisvollen Aktion teilgenommen, sogar den im Sterben liegenden Deutschen gesehen und telefonisch das nächstgelegene Kommissariat der Feldpolizei verständigt hatte, allerdings zwanzig Jahre nach der Aktion und nach dem Tod des Deutschen, aber es bestand kein Zweifel, dass ich diese Hilfe für ihn herbeigerufen hatte und dass ich nun verschwinden musste, dachte ich, von diesem Ort, aus diesem Zimmer von Małgorzatas Mutter, die mich forschend und argwöhnisch anblickte; auf der Stelle, so dachte ich, auf der Stelle, wobei ich endlich wieder aus den kalten, grauen Nebelschwaden auftauchte, die mich umgaben, gleichsam an die Oberfläche stieg, wenn auch ohne eine besondere Anstrengung meinerseits, an die Oberfläche, wo bereits einige Zeit verstrichen war, obwohl die Frau weiter über mich gebeugt dastand, in gespannter Erwartung und mit Erwartung in den Augen, aber es musste Zeit vergangen sein, denn das halb ausgetrunkene Wasserglas stand weit entfernt von mir auf dem Tisch, Małgorzatas Foto aber hatte die Frau mir anscheinend zurückgegeben, denn ich hielt es in den Händen; dann machte ich eine verzweifelte Bewegung, stand auf, verabschiedete mich, sogar ziemlich natürlich, wie mir scheint, und ging.

Sofort fing alles von Neuem an, dieses höllische kalte Zittern, das irgendwo bei den Waden begann, über Hüften, Bauch und Brust bis zum Mund stieg und meine Zähne wie vibrierendes Blech zum Klappern brachte; ich muss schon so einen Ausdruck in den Augen gehabt haben, dass man mich besser in Ruhe ließ, denn dieser widerliche Kerl, mit dem ich mich zuvor unterhalten hatte und der nun wartend neben der Treppe stand und bestimmt wissen wollte, was ich in seiner widerlichen Wohnungsangelegenheit unternommen hatte, wich, als er mich die Treppe herunterkommen sah, erschrocken zurück, als habe er sich verbrannt, und sagte nichts, obwohl ich »Auf Wiedersehen« zu ihm sagte, und dann war da bereits die Straße, die vollkommen leer gefegte Straße, denn es war wohl schon Mittagszeit, und bestimmt saß jede Menschenseele beim Essen, und schon atmete ich die kalte, scharfe, reine, vom leichten Nachtfrost noch trockene Oktoberluft, sog sie so tief in die Lungen ein, wie ich nur konnte, bis es schmerzte, bis mir die Lungen fast platzten, und befreite mich wieder für einen kurzen Moment von dem Zittern; die verrückten Gedanken, die sich in meinem Kopf mit hölzern-blechernem Lärm drehten wie ein Mühlrad, verstummten schlagartig, in meinem Kopf wurde es plötzlich still und mir fiel ein, dass ich am Tag zuvor in der Promienista-Straße die Telefonnummer der beiden Frauen aus Wohnung Nummer neun in mein Notizheft eingetragen hatte, dass ich das Heft bei mir hatte und sie anrufen und noch einmal nachfragen sollte; ja, das tat ich.

Aber das war erst eine Viertel- oder halbe Stunde später, denn ich konnte zunächst gar keine Telefonzelle finden, und als ich schließlich eine entdeckte, stellte sich heraus, dass der Apparat kaputt war, und ich musste weitersuchen, sodass ich erst eine Viertel- oder halbe Stunde später anrufen konnte, und da war ich dann schon fast in der Innenstadt.

Die Stille, die in meinem Kopf eingekehrt war, sobald das Zittern aufhörte, hielt weiter an, aber ich würde nicht behaupten wollen, dass das angenehm war, es war genauso unangenehm wie zuvor dieses laute Zähneklappern, das meinen Gedanken, die mir lärmend durch den Kopf ratterten, den Rhythmus schlug; ich konnte sie nicht mehr ertragen, diese Stille, ohnehin weiß ich nicht, was ich in dem Moment überhaupt hätte ertragen können, am liebsten hätte ich Wodka getrunken bis zum totalen Rausch, das war es, was ich wollte und woran ich dachte, wählte aber schließlich doch die Nummer der beiden Frauen aus der Promienista-Straße, denn vor der Telefonzelle sah ich zwei weitere Personen stehen, die telefonieren wollten und an die Scheibe klopften, damit ich mich beeilte, ich hatte also keine Zeit, lange zu überlegen, und da ich mich nicht mehr auf die Namen der beiden Frauen besinnen konnte, als sich im Hörer bereits eine Stimme meldete (natürlich eine weibliche, aber ich konnte nicht erkennen, ob es die Großmutter oder die Enkeltochter war), nannte ich rasch meinen Namen und erinnerte daran, dass ich gestern bei ihnen gewesen sei wegen dieser Geschichte von vor zwanzig Jahren. »Ja ich bin's noch mal ich wollte noch ein Detail klären ich kann nicht kann jetzt nicht persönlich vorbeikommen aber es ist nur eine Kleinigkeit Sie sagten gestern dass die Feldpolizei sechs Leichname zum Fahrzeug getragen habe ja sieben das heißt sieben natürlich der siebte war dieser Deutsche Entschuldigung aber mit wem spreche ich ach das sind Sie ich dachte es wäre Ihre Enkeltochter ich habe Sie nicht erkannt ja gut dass Sie es sind Sie selbst haben gesehen dass es sechs Leichen waren na ja sieben mit diesem Deutschen natürlich das habe ich vergessen aber es geht mir nicht um den Deutschen nur um unsere Leute das waren fünf Männer und eine Frau so wie ich es verstanden habe stimmt das nicht sechs Männer was Sie sagten nichts von einer Frau aber Sie sagten doch Sie sagten es nicht nun gut nur Männer vielleicht sagten Sie es doch vielleicht kam es mir nur so vor ich dachte dass Sie es bestimmt gesagt hätten also sechs Männer und keine Frau also doch danke das ist alles danke für alles auf Wiedersehen danke«, und ich legte den Hörer auf, wobei ich laut wiederholte: danke, also sechs Männer, danke, also sechs Männer, also doch, oh Gott, und verließ die Telefonzelle, wobei ich draußen immer noch die Worte laut wiederholte, sodass die vor der Tür Wartenden mich bedeutungsvoll anschauten; ich ging die Straße entlang, nur um zu gehen, weiter weg zu sein, ich weiß nicht, wovon weg und wohin weiter, aber um zu gehen und weiter weg zu sein; am Abend erst kam ich zu Hause an.

In dieser Nacht habe ich wohl nicht geschlafen, ich weiß es aber auch nicht. Mir schien, dass ich sie auf dem Sofa mit offenen Augen verbrachte, wobei ich mich hin und wieder ein wenig aufrichtete und zur Seite neigte, um aus dem Glas, das ich zusammen mit einer Flasche auf den Boden gestellt hatte, einige Schlucke Alkohol zu trinken; mir schien, dass ich spürte, wie der Alkohol im Mund brannte und mich wärmte; mir schien, dass ich an all das dachte, wovon ich erfahren hatte und was ich wusste, wobei ich versuchte, aus den Bruchstücken irgendwie ein Ganzes zusammenzufügen und eine annehmbare Schlussfolgerung daraus zu ziehen, dass ich meine wirren Gedanken, die erneut wie in einer Mühle ratterten, die ganze Nacht hindurch spürte bis zum frühen Morgen, und dass der Alkohol ganz und gar nicht in der Lage war, sie zu bändigen oder ihnen die Spitze zu nehmen, aber als am Morgen das Telefon schrillte, schlief ich doch. Das hysterische Geklingel brach plötzlich in meinen schweren, dumpfen Schlaf ein – der im Übrigen eher einem Rausch glich –, riss mich heraus, befreite mich, ließ nur ein schmerzhaftes Herzklopfen zurück, und ich wollte sogar zuerst aufstehen, wenn sich das Herz etwas beruhigt hätte, und den Hörer abnehmen, aber dann ließ ich es bleiben und wartete, bis es zu klingeln aufhörte, denn ich dachte, dass es bestimmt wieder derselbe Typ von gestern und vorgestern aus der Bibliothek sei, der wohl darauf spekulierte, dass ich schon das Zeitliche gesegnet hatte und er sich meine Stelle unter den Nagel reißen konnte; das Telefon verstummte schließlich mit einem kurzen, dumpfen Knacken. Da erst richtete ich mich ganz auf und bemerkte, dass der Wodka im Glas nur halb getrunken war und ich somit auch dieses schreckliche, unablässige Trinken in der Nacht, von dem mir noch ein widerlich bitterer Geschmack im Mund geblieben war, nur geträumt hatte.

Ich stand auf, rasierte und wusch mich wohl, aber essen wollte ich nichts, es war im Übrigen ja auch gar nichts da, die Wodkaflasche stand immer noch auf dem Boden neben dem Sofa, ich hätte also etwas trinken können, wenn der Magen vor Hunger angefangen hätte zu schmerzen, aber das wollte ich auch nicht, obwohl ich wusste, dass die Flasche dort stand, ich hatte sie nicht einen Augenblick vergessen, und das war gut so. Kälte empfand ich auch keine – ich weiß nicht, vielleicht hatten sie endlich die Heizung eingeschaltet, das war nicht ausgeschlossen, aber ich überprüfte es nicht. Im Übrigen war mir weder kalt noch warm, ich war innerlich irgendwie lauwarm, zu nichts hatte ich Lust und war auch nicht recht in der Lage zu überlegen, womit ich die Zeit hätte ausfüllen sollen, von der ich plötzlich zu viel zu haben schien. Dann nahm ich aber das Telefonbuch zur Hand und suchte die Nummer des Instituts für die Geschichte des Widerstands heraus (ich weiß, dass das überhaupt nicht nötig war, das weiß ich übrigens nicht erst seit heute, damals wusste ich es auch schon, denn was für ein Detail konnte man dieser ganzen Geschichte noch hinzufügen, alles setzte sich eigentlich nahtlos zusammen, der Kreis schien ideal geschlossen, und ich war mittendrin, ja, mittendrin, ohne eine Fluchtmöglichkeit), ich rief also dort an und bat, als sich die Zentrale meldete, um eine Verbindung mit Hauptmann Pomian; ich wurde umgehend verbunden.

Seine Stimme im Hörer klang laut und kräftig, man spürte den Mann der Tat, der unerhört sachlich war und kein überflüssiges Wort verlor. Er akzeptierte meine Behauptung, dass ich Journalist sei (ich nannte ihm aufs Geratewohl den Titel einer Illustrierten) und einen Artikel über die Okkupationszeit schriebe, daher gerne gewisse Informationen zu dem Vorfall am

23. Oktober 1943 in der Promienista-Straße haben wollte, denn ich hätte gehört, dass er sich damit schon befasst habe, er erwiderte, natürlich, weshalb nicht, er wisse über diese Sache ziemlich gut Bescheid, wir könnten uns also darüber unterhalten, ja, er habe sich einst damit beschäftigt, denn die Sache sei etwas unklar gewesen, und bat mich schließlich zu sich. »Sie können sogar gleich kommen. Na, sagen wir, so gegen zwölf«, ich bedankte mich und sagte, dass ich käme. Mir ging es sofort ein wenig besser. Wieder hatte ich ein paar Stunden vor mir, in denen ich mich der Illusion hingeben konnte; war ich wirklich so ein naiver Mensch – welcher Illusion denn?

Die Zeit verging ungemein langsam. Ich hatte es sonst immer gerade umgekehrt empfunden, aber diesmal schien mir, als schreite sie überhaupt nicht voran, darin lag etwas Unerklärliches, sodass ich schließlich dachte, meine Uhr sei stehen geblieben, obwohl sie tickte, ich rief also bei der Zeitansage an; nein, meine Uhr war absolut in Ordnung. Ich versuchte zu lesen, es gelang mir aber nicht, ich konnte mich nicht konzentrieren, die Sätze rannen aus meinem Kopf, als seien sie flüssig, noch bevor ich ihren Sinn verstand; dann schaltete ich das Radio ein, und sogleich meldete sich ein wohl deutscher Sender, und eine Stimme wie die von Rosita Serrano begann den alten Schlager von Mackeben und Beckmann zu singen: »Wenn mein kleiner Teddybär …«, sodass ich es fluchend wieder ausschaltete, wie kam denn, zum Teufel, so ein uralter Schinken ins Programm, dann griff ich nach der Flasche, die neben dem Sofa stand, und nahm einen ordentlichen Schluck. Erst ab da verging die Zeit schneller, und schließlich war die Stunde gekommen. Ich zog mich an und verließ das Haus. Es war ein kühler, eher bewölkter Tag, aber an manchen Stellen riss die Wolkendecke leicht auf, und aus diesen Ritzen ergossen sich irgendwo weit weg hellere Lichtstrahlen auf die Hausdächer. Der Wind peitschte mir ein paar Mal ins Gesicht und flaute plötzlich ab.

Dann war ich auch schon im Büro des Hauptmanns. Ich saß einem korpulenten Mann mit einem beachtlichen Bauch gegenüber – sein Aussehen entsprach überhaupt nicht der Vorstellung, die ich mir von ihm gemacht hatte, als ich am Morgen am Telefon seine Stimme hörte. Ich betrachtete ihn und dachte, wie sich doch frühere Helden im Laufe der Jahre veränderten; es lag etwas Trauriges in meinen Gedanken, und aus unerfindlichen Gründen schnürte sich mir die Kehle zu, aber er ließ mir keine Zeit für längere Überlegungen, sondern fragte mit seiner sachlichen, kräftigen Stimme, die den ehemaligen Soldaten verriet, ob er mir etwas über die Aktion in der Promienista-Straße erzählen solle oder ob ich, falls ich den Verlauf kannte und lediglich Ergänzungen brauchte, ihm selbst Fragen stellen wolle; ich erwiderte, dass mir die Angelegenheit nicht fremd sei, ich mich seit einigen Tagen damit beschäftigte und schon mit einigen Personen darüber gesprochen hätte, ja, dass ich mir bereits ein eigenes Bild davon gemacht hätte und es daher vorzöge, ihm, wenn er es erlaube, selbst Fragen zu stellen; er nickte zustimmend. Um meine Rolle als Journalist glaubhaft bis ins Detail zu spielen, zog ich mein Notizheft heraus und begann zu notieren; hier meine Fragen und seine Antworten:

Ich: Ist die genaue Zahl derjenigen, die an der Aktion teilnahmen, bekannt?

Der Hauptmann: Ja. Es nahmen sechs Personen daran teil.

Ich: Sechs Männer?!

Der Hauptmann: Fünf Männer.

Ich: Das verstehe ich nicht! Also war doch auch diese junge Frau dabei?

Der Hauptmann: Sie meinen Małgorzata Iwaszyńska, Deckname Małgorzata? Ja. Zumindest beim Schmierestehen. So ist das zu verstehen. Denn zu den Aufgaben einer Verbindungsperson gehörte eigentlich nicht die Teilnahme an der Aktion selbst. Aber höchstwahrscheinlich war sie in der Nähe, um, falls die Aktion fehlschlug, den Führungsstab zu informieren. Über den Misserfolg in der Promienista-Straße informierte sie den Stab jedenfalls eine Stunde nach dem Ganzen. Aber die Hauptaufgaben wurden nur von den Männern ausgeführt.

Ich: Den fünfen?

Der Hauptmann: Ja. Stimmt etwas nicht mit den Informationen überein, die Sie bisher gesammelt haben?

Ich: (schockiert über das Gehörte) Nein, das heißt ... ich dachte, ich hätte irgendwo etwas von sechs Toten gehört ...

Der Hauptmann: Stimmt, sechs, denn die junge Frau kam auch ums Leben. Allerdings erst am Tag darauf, bei der Gestapo, und auf andere Weise, aber sie gehörte schließlich auch zu der Gruppe. Also sechs.

Ich: Sie sind aber sicher, dass an der bewaffneten Aktion nur fünf Männer beteiligt waren?

Der Hauptmann: Absolut. (Nach einem Moment des Schweigens) Sie etwa nicht?

Ich: Das weiß ich schon selbst nicht mehr ...

Der Hauptmann: Bestimmt hat Ihnen einer der Bewohner des Hauses die Zahl sechs genannt, stimmt's?

Ich: Genau.

Der Hauptmann: Von den ehemaligen Mietern dieses Hauses sind nach dem Krieg wohl nur die Jagielskis zurückgekehrt. Natürlich kann jetzt jeder genügend Informationen beisteuern, aber das sind Informationen aus zweiter Hand. Wenn es hingegen um die Jagielskis geht ...

Ich: Eben, an sie habe ich gedacht.

Der Hauptmann: Damals, am 23. Oktober 1943, hielt sich in dem Haus nur eine Person auf, eine alte Frau. Haben Sie sie kennengelernt?

Ich: Ja.

Der Hauptmann: Sie ist heute fast neunzig. Sie wundern sich? Aber ja, sie sieht nicht so alt aus, obwohl sie schon seit Langem keine Kraft mehr in den Beinen hat. Damals also, bitte rechnen Sie nach, war sie Ende sechzig. Nein, ich will durchaus nicht behaupten, sie sei vergreist, ganz im Gegenteil. Aber sie kann doch etwas verwechselt oder übersehen haben, meinen Sie nicht? Zumal ich es selbst überprüft habe: Vom Fenster des Kellergeschosses aus, wo sie damals wohnte, konnte man sehr wenig sehen. Und nach dem Krieg fanden wir in den Akten des Führungsstabes eine absolut vollständige Liste der an dieser Aktion Beteiligten. Das war ein Exekutionskommando, zu dem gehörten …

Ich: Sechs Männer und eine Frau?

Der Hauptmann: Nein, was reden Sie denn … Fünf Männer und eine Frau, das habe ich doch bereits gesagt.

Ich: Ach ja, natürlich. Entschuldigung. (Nach einem kurzen Moment) Wurde ihre Identität festgestellt?

Der Hauptmann: Der sechs, das heißt: der fünf? (Nach einem Nicken meinerseits) Von den Deutschen natürlich nicht. Und von uns nach dem Krieg auch nur teilweise. (Mit besorgter Stimme) Zu viele Menschen kamen um, es gibt zu wenig Daten, um die Identität aller festzustellen, verstehen Sie … Wir wissen, wer der Anführer der Gruppe war. Waldemar Borkowic, Deckname Walter. Über ihn haben wir sogar sehr viele Informationen gesammelt. Er war der Sohn eines Arztes und studierte an der Untergrunduniversität Architektur. (Schiebt mir beflissen einen Ordner herüber) Hier können Sie sich seine Akte ansehen.

Ich: Und die Übrigen?

Der Hauptmann: Die sind nicht näher bekannt. Nur die Decknamen.

Ich: Können Sie mir die nennen?

Der Hauptmann: Harcerz, Wróbel, Jacek, Krótki.

Ich: Wie? Können Sie noch einmal …

Der Hauptmann: Stimmt etwas nicht? (Nach einem erneuten Blick in die Unterlagen) Harcerz, Wróbel, Jacek, Krótki.

Ich: Sind Sie sicher, dass genau diese Leute in der Promienista-Straße ums Leben kamen?

Der Hauptmann: Wer denn sonst? Die Feldpolizei traf ein, als die Aktion in vollem Gange war, und erschoss die ganze Gruppe. Und die Zusammensetzung der Gruppe, die wir nur unter erheblichen Schwierigkeiten ermitteln konnten, steht, wie ich bereits sagte, fest.

Ich: Aber Sie sagten doch, als ich heute Morgen anrief, dass es bei der ganzen Sache einige Unklarheiten gäbe …

Der Hauptmann: Die Unterlagen.

Ich: Was für Unterlagen?

Der Hauptmann: Das wüsste ich auch gern. Wir

haben festgestellt, dass es bei der Aktion nicht in erster Linie darum ging, den Gestapoagenten Lempke zu erschießen, sondern vielmehr darum, wichtige Unterlagen bei ihm sicherzustellen. Vermutlich waren es Spitzelberichte, die etliche unserer Leute aus dem Untergrund enttarnten. Vielleicht Namenslisten, wir wissen es nicht. Ich vermute, dass eine Frau zum Putzen oder Kochen zu diesen Deutschen ins Haus kam. Wahrscheinlich auch eine aus der Untergrundbewegung. Sie hat möglicherweise unsere Leute über diese Unterlagen informiert …

Ich: Gab es daneben noch weitere Unklarheiten?

Der Hauptmann: Ja, durchaus. Besagte junge Leute wurden, wie Sie wissen, am Hauseingang erschossen. Wenn sie die sichergestellten Unterlagen bei sich gehabt hätten, wären diese erneut in die Hände der Deutschen geraten. Aber nichts deutet darauf hin. Einen größeren Reinfall hätte es damals nicht geben können. Was ist also dann mit den Unterlagen passiert?

Ich: Was vermuten Sie?

Der Hauptmann: Ich weiß es nicht. Vielleicht haben sie sie vernichtet?

Ich: Glauben Sie das im Ernst?

Der Hauptmann: Ehrlich gesagt, nein. So etwas wurde nicht so ohne Weiteres vernichtet, sondern dem Führungsstab übergeben. Solche Unterlagen mussten geprüft werden. Denn sie konnten dazu dienen, das

Netz der Deutschen in unseren Reihen zu enttarnen. Andererseits …

Ich: Bitte … (aber er überlegte noch) Sie wissen offenbar etwas darüber.

Der Hauptmann: Sie haben bestimmt von der Version gehört, dass sie versucht hätten, über den Dachboden zu flüchten?

Ich: Das hat man mir erzählt.

Der Hauptmann: Sehen Sie. Wenn man diese Version für bare Münze nimmt, dann haben sie vielleicht, als sie merkten, dass sie eingekreist waren, die Unterlagen irgendwo versteckt? Das ist natürlich nur eine Vermutung … Heute nicht mehr nachprüfbar. Jedenfalls wäre es interessant zu erfahren, welche Informationen sie enthielten.

Ich: Ja, interessant. (Nach einem Augenblick) Was meinen Sie, wer sie denunziert hat?

Der Hauptmann: Das ist noch ein ungeklärter Punkt bei der ganzen Angelegenheit. Wenn die Deutschen im Voraus von der Aktion gewusst hätten, dann hätten sie eine Falle gestellt, vor allem hätten sie nicht zugelassen, dass einer ihrer Männer von unseren Leuten erschossen wurde. Dass die Aktion halb glückte und die Deutschen erst gegen Ende eintrafen, wäre ein Indiz dafür, dass sie doch nicht gewarnt worden waren.

Ich: Das heißt, als die Aktion in vollem Gange war, hat jemand die Feldpolizei gerufen?

Der Hauptmann: Das vermute ich.

Ich: Wer? Die Mutter des Deutschen? Jemand aus dem Haus? Jemand, der zufällig vorbeikam?

Der Hauptmann: Auf wen wir uns auch einigen, es bleibt immer eine Spekulation.

Ich: Ließ sich nach dem Krieg nichts herausfinden?

Der Hauptmann: Nein. (Nach einem Moment) Haben Sie noch Fragen?

Ich: Ich wüsste nur noch gerne, wo sie begraben sind. Ich habe gehört, auf dem Powązki-Friedhof?

Der Hauptmann: Ja, Feld 323. Beerdigt wurden sie damals natürlich anonym, aber Walters Vater, der die von den Deutschen freigegebenen Leichen gesehen hatte, markierte die Gräber. Nach dem Krieg ließ er der ganzen Gruppe Grabsteine setzen und versah sie mit den Decknamen der jungen Leute.

Ich: Dieser Arzt, ja? Lebt er noch?

Der Hauptmann: Er starb ein oder zwei Jahre nach dem Krieg.

Ich: Er muss sie also alle gekannt haben, wenn er die Leichen wiedererkannte.

Der Hauptmann: Anscheinend trafen sie sich ein paar Mal in seiner Wohnung. Angeblich sogar wenige Tage vor der letzten Aktion.

Ich: Warum sagen Sie »angeblich«?

Der Hauptmann: Weil ich nie mit ihm gesprochen habe. Als ich mich mit der Sache befasste, war er bereits tot. Ein paar Informationen erhielt ich von seiner

Haushälterin. Die ist aber inzwischen auch schon gestorben.

Ich: Wo wohnte er denn damals, während des Krieges? Walters Vater, meine ich, dieser Arzt.

Der Hauptmann: In der Altstadt. In der Boleść-Straße.

Ich: Das ist direkt am Fluss, wenn ich mich nicht irre?

Der Hauptmann: Ja, mit Blick auf den Fluss. Das Haus wurde nach dem Krieg wiederaufgebaut.

Ich: Jetzt weiß ich eigentlich schon alles.

Der Hauptmann: Nicht viel.

Ich: Ja, Sie haben Recht, es ist nicht sehr viel. Jedenfalls danke ich Ihnen, Herr Hauptmann.

Nachdem ich mein Notizheft weggesteckt hatte, verabschiedete ich mich, und dann, auf der Straße, machte ich mich sofort auf den Heimweg – ich wollte unbedingt etwas trinken, eigentlich dachte ich nur daran, schnell etwas Starkes zu trinken, ging dann aber doch nicht nach Hause.

Während der letzten Tage hatte ich schon so oft Dinge getan, die ich überhaupt nicht hatte tun wollen, und war in Situationen geraten, die ich weder vorhergesehen noch beabsichtigt hatte, dass ich mich nun nicht wunderte, als ich bemerkte, dass ich in die Nähe unseres größten, offiziellen Totenviertels geraten war, des Powązki-Friedhofs (ich sage »offiziell«, denn obwohl ganz Warschau ein einziges großes Gräberfeld ist, so ist doch der Powązki-Friedhof ein geheiligter Ort der Stille und Achtung, da schließlich wenigstens eine kleine Ecke entsprechend in Ehren gehalten werden muss, wenn die Lebenden schon sonst alles mit ihrem stinkenden Mist entweihen), und ich gebe offen zu, dass ich außer diesem entsetzlichen Gefühl, im Nichts zu versinken, keine Empfindungen hatte.

Der scharfe, böige Wind war machtlos gegen die bleischweren Wolken und gab auf, als hätte er die Vergeblichkeit seiner Mühen erkannt. Die entlaubten Bäume erstarrten, und es war still, als ich durch das Friedhofstor ging, es roch nach feuchtem Kies, Tannennadeln, vermodernden Pflanzen und abblätternder Rinde. Es begann leicht zu nieseln. Zwischen den Gräbern, die sich zu Tausenden auf beiden Seiten der Hauptallee erstreckten, breitete sich in bläulichen, dünnen Schwaden kühler Nebel aus. Der Friedhof war, zumindest soweit man sehen konnte, menschenleer – niemand, den man hätte nach dem Weg fragen können, sodass ich mir einen Moment überlegte, wie ich weitergehen sollte, aber dann zu dem Schluss kam, dass mich doch nichts drängte und ich schließlich selbst finden würde, wonach ich suchte, und so begann ich, über verschiedene Dinge nachzudenken, die weder mit dem Ort, an dem ich mich befand, noch mit dem, was mir unlängst widerfahren war, direkt zusammenhingen; ich dachte (vielleicht wegen der Allee, die ich entlangging) an einen Weg in einem Wald, in dem monoton strömender Herbstregen rauschte und in dicken Tropfen von Tannennadeln und Blättern floss, um mit einem leichten Zischen im Sand zu versickern, dachte an all die Menschen, die diesen Weg entlanggingen und den lehmig-gelben Wasserlachen auswichen, an ihre leisen Gespräche, die gleichsam den dichten Vorhang des Traumes durchdrangen, dachte daran, wie manchmal durch einen unachtsamen Fußtritt der Morast hochspritzte, und an das Knistern eines Streichholzes, mit dem jemand, der für einen Moment stehen geblieben war, sich eine Zigarette anzündete, und wie sogleich der warnende Ruf ertönte, die Zigarette auszumachen und nicht stehen zu bleiben, und mir wurde bewusst – zuerst recht verschwommen, dann jedoch immer deutlicher –, dass ich mich an jenen Oktobertag vor zwanzig Jahren erinnerte, an dem ich mich von dem Zug, der mich in ein Konzentrationslager hätte bringen sollen, auf die Schienen fallen ließ, vom Bahndamm rollte, nachdem der Zug weitergefahren war, und mein Körper kurz darauf von Partisanen gefunden wurde, falls das natürlich überhaupt mein Körper war und nicht der eines völlig anderen, und falls diese darauffolgenden zwanzig Jahre, die mit dieser Flucht begannen, nicht zu einer anderen Person gehörten, die sich an jenen Tag erinnerte und für die ich mich ausgab, was mir – wie gesagt – zuerst recht verschwommen, später aber ganz deutlich bewusst wurde. Indem ich mir gleichzeitig bewusst machte, dass es wieder Oktober war, nur zwanzig Jahre später, versuchte ich noch einmal zu dem Tag zurückzukehren und dann etwas weiter, über ihn hinaus, gleichsam infolge des plötzlichen und beunruhigenden Verdachts, dass ich vielleicht doch etwas vergessen hatte, aber nein, die paar Tage und Nächte, vielleicht sogar eine ganze Woche (ich erinnere mich nicht genau, ob es eine Woche war, aber es soll eine Woche gewesen sein), diese Woche also bei der Gestapo – bevor man mich in einen Viehwaggon steckte, der später verplombt und an einen Zug nach Auschwitz gehängt wurde –, diese Woche im Gestapogefängnis nach einer Straßenrazzia war mir – ich wiederhole – weiterhin nur als Dunkelheit in Erinnerung, lediglich einige Male erhellt von Scheinwerferstrahlen, die ungehindert meine Pupillen durchbohrten, um im Schädelinneren mit lautem Krachen und Knallen etwas zu sprengen, kurz darauf folgten gleichmäßige, stumpfe Schläge, als man mich folterte, was aber überhaupt keine Schmerzen mehr verursachte, sondern nur ein Dröhnen im ganzen Körper; dann verdunkelte sich sofort alles wieder, und nichts, nichts weiter, selbst bei größter Willensanstrengung, konnte ich meinem Gedächtnis darüber hinaus entlocken, wirklich nichts, was zumindest teilweise diesen plötzlichen, beunruhigenden Verdacht zerstreut hätte, der sich in mir regte; erneut Untersuchungen anzustellen schien mir von vornherein zum Scheitern verurteilt, es wäre nur wie ein Kampf mit Dämonen gewesen – davon war ich überzeugt.

Mein Denken machte sich unbewusst zunutze, dass das Gedächtnis vollkommen stumm ist, und kehrte sofort in die Gegenwart zurück, begann erneut die paar Tage der vergangenen Woche, von Dienstag bis Samstag, zu rekapitulieren – von dem Moment, in dem die Małgorzata ähnelnde junge Frau mir im Treppenhaus den Brief übergab, bis zu dem Moment, in dem ich mich nach dem Verlassen des Instituts auf dem Powązki-Friedhof wiederfand; alles, worauf das Gedächtnis zwischen diesen beiden zeitlichen Begrenzungen stieß, berührte es nur oberflächlich, ohne den Wunsch, die Wahrheit zu ergründen, und hielt alsbald inne, da es, wie schon so oft, auf eine steinerne Kälte traf, die ihm von dort entgegenwehte wie aus den abgründigsten Tiefen der Erde und des Vergessens. Da dachte ich, dass es doch schließlich überhaupt nicht um die Geschichte der vergangenen Tage ging, ob ich sie tatsächlich erlebt hatte oder nicht, sondern um etwas vollkommen anderes, das ich mir nicht einmal in Gedanken offen einzugestehen und beim Namen zu nennen wagte; auch dachte ich, dass dieser naive Wunsch nach Ruhe, den ich noch vor Kurzem im Grunde meines Herzens gehegt hatte, sich nie erfüllen würde, ich würde nie Ruhe empfinden, doch ich verdrängte diese Gedanken, wollte sie wenigstens für einen Augenblick nicht haben, denn der Himmel brach gleichsam im selben Moment mitten entzwei, teilte sich in langen, diagonalen Streifen von Nieselregen und schickte einen breiten Strahl verschwommener Spätherbstsonne auf die Erde, es wurde sofort hell und heiter, dass es einem die Kehle zuschnürte, und die von den Zweigen fallenden Regentropfen erloschen wie winzige Flämmchen auf dem blassgoldenen Kies.

Ich steuerte sozusagen blindlings auf mein Ziel zu (denn in diesem Labyrinth der Friedhofsalleen fand ich mich kaum zurecht, da ich hier früher selten gewesen war, nur an Nationalfeiertagen oder Jahrestagen), fand aber schließlich die Gräber aus dem letzten Krieg. Als ich die Nummern der Felder auf den Begrenzungspfosten las, war es nicht mehr schwierig, die Stelle zu finden, die ich suchte, aber als Erstes stieß ich auf Małgorzatas Grab. Ich hatte es doch vor Jahren schon einmal gesehen und erkannte also das Steinkreuz mit dem emaillierten Blechschild, auf dem ihr Foto ohne Namen war, sofort wieder.

Ich las ihren Decknamen und ihr Todesdatum, einen Tag nach der Aktion in der Promienista-Straße. Ich betrachtete Małgorzatas andächtiges, ruhiges Gesicht und ihre Augen, die zwar irgendwo in die Ferne schauten, aber mit diesem charakteristischen Blick, wie er Augen auf Fotografien und Porträts eigen ist: Sie schauen gleichzeitig den Menschen an, der ihnen gegenübersteht, erfassen ihn ganz und ruhen beharrlich auf ihm, ganz gleich, ob er sich nach rechts oder nach links lehnt, so lange, bis er sich entfernt; ich dachte über etwas nach, weiß aber nicht mehr, worüber, denn dieser Blick irritierte mich und ließ mich erschaudern, sodass ich schließlich, da ich ihn nicht mehr ertragen konnte, den Kopf abwandte und wegging.

Als ich nach einer Weile halbwegs mein Gleichgewicht wiedergewonnen hatte, schaute ich mich um (diese verschwommene Herbstsonne ergoss sich immer noch auf die Erde), und mein Blick fand unter den Gräbern ringsum rasch eine kurze Grabreihe mit einheitlichen, schlichten Grabsteinen, umgeben von einer Eisenkette. Ich ging darauf zu und las auf dem ersten einen Vor- und Nachnamen, etwas darunter aber den Decknamen »Walter«. Noch weiter unten war sein Geburtsdatum eingraviert, dann sein Todesdatum: »23. Oktober 1943«, und ganz unten, dass er als Soldat bei einem Kampf in der Promienista-Straße gefallen sei, wonach in einigen Sätzen die Beschreibung der Aktion selbst in Stein verewigt war. Als ich an den nächsten Gräbern vorüberging, entdeckte ich auf den Grabsteinen dasselbe Todesdatum, aber statt der vollen Namen nur die Decknamen der Umgekommenen: Harcerz, Wróbel, Jacek, Krótki, und obwohl ich die Gräber nicht zählte, bemerkte ich, da ich schließlich bereits an Walters Grab gestanden hatte, dass es zu viele Gräber waren, eines zu viel, und so zählte ich sie doch, als ich schließlich vor dem letzten stand, dieses letzte Grab war das sechste in der Reihe; und erst da las ich, wobei ich den schon allzu bekannten Schmerz und die Kälte in der Herzgegend verspürte: »Grab eines unbekannten Soldaten, gefallen …«, und weiter genau das Gleiche wie auf den benachbarten Grabsteinen, detaillierte Angaben über die Aktion und das Datum.

Der Schmerz ließ nicht nach, obwohl ich mich mit den Schultern gegen die Rückseite eines Kreuzes hinter mir lehnte und mit geschlossenen Augen versuchte, ihn mit langen, ruhigen Atemzügen zu lindern. Als ich die Augen schließlich wieder öffnete, sah ich, dass erneut Wolken den Himmel mit einer bleischweren Schicht verhüllten und dass es nieselte; es musste also schon recht viel Zeit vergangen sein, während ich so dastand, ins Nichts schaute und an nichts zu denken versuchte. Ich sah das Grab und den Grabstein nicht mehr an, sondern drehte mich um und ging weg.

Am Montag machte ich mich auf zum Arzt, wie wohl schon erwähnt, und der horchte mich geduldig ab und sagte, ich solle in ein oder zwei Wochen wiederkommen, so genau kann ich mich nicht mehr erinnern, denn alles verschwimmt allmählich, und mir wird ganz wirr im Kopf, jedenfalls sagte er, ich solle nach einiger Zeit wiederkommen, aber ist das denn möglich? Lebe ich überhaupt noch? Dass es mich gibt, ist etwas vollkommen anderes, denn leben und existieren ist ganz und gar nicht dasselbe, manchmal existiert man ja nur als Spur, als Abdruck einer Form in der Luft, als Erinnerung an etwas, das einst existierte und zusammen mit Ereignissen, deren Zeugen andere waren, in deren Gedächtnis bewahrt ist, solange es dieses Gedächtnis gibt. Vielleicht habe ich dennoch gelebt und lebe noch, aber sozusagen auf Kredit? Diese letzten zwanzig Jahre wurden mir vielleicht gegeben, genau, diese Zeit wurde mir gegeben, damit ich das tat, was ich vor zwanzig Jahren nicht getan hatte oder vielleicht sogar getan, aber nicht bemerkt hatte; ich wiederhole also, ich weiß es nicht, niemand weiß das heute und wird es auch nicht erfahren, jedenfalls hat es mich wohl gegeben und gibt mich wohl immer noch, aber wird es mich weiterhin geben? Niemand kann mir diese Frage beantworten, und wenn niemand es kann, wie soll dann ich einsamer und fast schon alter Mensch mir selbst darauf eine Antwort geben? Damals jedenfalls, an jenem denkwürdigen Samstag, als ich vom Friedhof zurück zum Tor ging, das in einer weiteren Welle kühlen Nieselregens verschwamm, sodass ich zuerst meinte, niemals dort anzukommen, denn es schien sich gleichsam zu entfernen und weit hinten am blassen, tief hängenden, mit neuen Wolken überzogenen Himmel zu verschwinden, aber schließlich erreichte ich es doch und ging hindurch, tauchte erneut in den brausenden Strudel der belebten Stadt ein. Schon damals habe ich geahnt oder vielleicht sogar gewusst, dass ich irgendwann zu der Straße gelangen würde, in der ich wohne, vielleicht sogar bald, in ein oder zwei Stunden, und vor meinem Haus stehen würde, das Treppenhaus betreten, an den beiden ersten Treppenabsätzen vorbeigehen; dann stünde dort zwischen dem zweiten und dritten Stock diese junge Frau, die Małgorzata so ähnlich sieht, ihre paar Sätze, mein Erstaunen und der Brief, den sie mir aushändigt; ich würde meine Wohnung betreten, wo mir Dunkelheit entgegenschlägt, und dieser Geruch, dieser Geruch, ich weiß nicht, wie ich ihn bezeichnen soll, und ich würde den Briefumschlag aufreißen und einen Brief mit Walters Unterschrift darin finden, und alles würde von Neuem beginnen, von Anfang an, das Ende ginge jedoch nach ein paar Tagen mit einem neuen Anfang einher, und niemals, niemals, niemals mehr würde ich herauskommen aus diesem Teufelskreis der Geschichte, die zwischen der Begegnung auf dem Treppenabsatz und der Entdeckung des sechsten unbekannten Grabes auf dem Powązki-Friedhof abläuft und sich stets wiederholt – vor allem, da allmählich alles verschwimmt und mir ganz wirr im Kopf wird …